いとうせいこう

想像ラジオ

河出書房新社

装丁　岡澤理奈

想像ラジオ

第一章

こんばんは。

あるいはおはよう。

もしくはこんにちは。

想像ラジオです。

こういうある種アイマイな挨拶《あいさつ》から始まるのも、この番組は昼夜を問わずあなたの想像力の中でだけオンエアされるからで、月が銀色に渋く輝く夜にそのままゴールデンタイムの放送を聴いてもいいし、道路に雪が薄く積もった朝に起きて二日前の夜中の分に、まあそんなものがあればですけど耳を傾けることも出来るし、カンカン照りの昼日中に早朝の僕の爽《さわ》やかな声を再放送したって全然問題ないからなんですよ。

でもまあ、まるで時間軸がないのもしゃべりにくいんで、一応こちらの時間で言いますと、こんばんは、ただ今草木も眠る深夜二時四十六分です。いやあ、寒い。凍《こご》えるほど寒い。ていうかもう凍えてます。赤いヤッケひとつで、降ってくる雪をものともせずに。こんな夜更《よふ》けに聴いてくれてる方々ありがとう。

申し遅れました。お相手はたとえ上手のおしゃべり屋、ＤＪアーク。もともとは苗字にちなんだあだ名だったんだけど、今じゃ事情あって方舟《はこぶね》って意味の方のアークがぴったりになってきちゃってます。

そのへんはまたおいおい話すとしてこの想像ラジオ、スポンサーはないし、それどころかラジオ局もスタジオもない。僕はマイクの前にいるわけでもないし、実のところしゃべってもいない。なのになんであなたの耳にこの僕の声が聴こえてるかって言えば、冒頭にお伝えした通り想像力なんですよ。あなたの想像力が電波であり、マイクであり、スタジオであり、電波塔であり、つまり僕の声そのものなんです。

事実、いかがですか、僕の声の調子は？　バリトンサックスの一番低い音なみに野太い？　それとも海辺の子供の悲鳴みたいに細くて高い？　または和紙の表面みたいにカサカサしてたり、溶けたチョコレートなみに滑らかだったり声のキメにも色々あると思いますが、それ皆さん次第なんで一番聴き取りやすい感じにチューニングして下さい。

ただひとつ、僕の声は誰のものとも似てないはず。たとえデビューしたての新人とはいえ、そこはラジオ・パーソナリティの意地として譲れないところ。

てなわけでリスナー諸君、最後までどうぞよろしく。

想ー像ーラジオー。

番組のジングルが高らかに、あるいはしっとりと、もしくは重低音で鳴ったところで、ちなみにヒントを出すと、意外に僕は年齢行ってます。ええと、今年で三十八。もっと若いと思ってました？　もしそうならうれしいですね。声に張りがあるってことだから。もうとにかくこの年になると、なんでもポジティブに受け止めていかないと、社会にガンガンへこまされますんでね。あはは。

てことで、正真正銘三十八歳の僕は、もともとこの小さな海沿いの小さな町に生まれ育ったんです。まさに僕の体、つまり想像ラジオの放送拠点が今ある、冬の長いこのへん。米屋の次男ですよ。なんてそこまで言うと、近所で聴いてる人は実家わかっちゃうんじゃないかと思うんですけどね。古くさい店構えが頭に浮かんでるかも。妙に背の小さい父と、大男の兄がいつもお世話になってます。どうもありがとね。ただ、僕自身は米屋の仕事に関してはガキの頃、町内の葬式の時なんかに店番やらされたり、昔は米蔵だった裏の倉庫で遊んでる時にトラックから積み下ろされる米袋見てたり、そのくらいなんですけどね。

で、中二あたりからそれこそラジオにかじりついてうっすら聴こえる放送圏域超えたマニアックな音楽番組に心ときめかせて育ったんで、三流大学に入って東京に出ると仕送りでエレキギター買って、アフリカのビートを取り入れたちょっとひねくれたバンドに加入して、けっこう評判はよかったもののメジャーデビュー出来ずに裏方として小さい音楽事務所入りしてね。

あと、大学では文学部で、ふとした気の迷いっていうか特に理由もなくアメリカ文学を専攻して、とはいってもほとんど翻訳されたもので勉強しましたけどね、あはは。ただ、その頃はもう手当たり次第に海外の小説読んでましたね。変わった構造の話が大好きで、読んでたどころか影響受けて短編もかなりの本数書いて同人誌に投稿したりもして。例えば『シェイク』ってタイトルの、店の水槽《すいそう》で水すまし飼ってるバーテンの話とか。視点がころころ変わる小説で、ついには店の外を通りかかっただけの男の視点にもなったりする、今から思うと若い時にありがちといえばありがちな作品。そのまま作家になれたらと思った時期も当然あったんですけど、生活の見通しがまるで立たないんですよね、大々的に賞でも獲《と》ってデビューしない限り。バイトしてバンドやって小説書いての三本立てはどうしたって無理で。

で、結果、バンドで世話になってた事務所の、顔がヒゲで埋まってるような社長に気に入られて、高瀬さんって言うんだけど、その高瀬さんに半ば強引に就職させられるみたいな感じで雇われて、そこそこインディーズで売れたメートルズとかマイティ・フラワーとかアトム&ウランとか新人アーティストを色々マネージメントしてるうちに、なんか嫌になっちゃって、といっても十数年やった上でですよ。まあ、そこで見切りをつけて昨日実家に帰ってきたんです。年上の奥さん連れて、川も山も海もあるこの町に。

実は中二になる息子もいるんですけど、置いてきました。といってもアメリカのジュニア・ハイスクールでそもそも寮暮らしさせてまして。いやまあ、親父の資金援助でそうなったんで僕は子供のために親のスネをかじってるわけなんだけど、このまま日本の学校に行かせていていいのかなという、僕みたいないい加減な商売してる人間がそれ言えるのかみたいなことを考えましてね、ある日奥さんが見つけてきた留学のお誘いパンフに天の佑《たす》けとばかりに飛びついて、金かき集めて親父に泣きついて、いや息子の意見はもちろん最初に聞きましたよ。それほど体格もよくないんで、息子はよくアザ作って帰ってきてたんですね。なんか学校で親に言えないことが起きてるんだろうなって。だからなのか、一も二もなく行きたいって言って。

てなことで、ま、僕としては昨日の引っ越しで心機一転だったんです。ええ、郷里に戻りました。で、これからどうしようかと。多少身についた経験とコネを活かして地方で音楽関係やれればいいんですけど、このどん底の不況ですからね、兄貴が家の仕事手伝いながら二人で会社作って園芸用の土を売らないかとか言ってくれたりもしていて、まあ園芸用に限らず農家にも土は財産で兄貴の知りあいに強力なノウハウ持ってる大学の先生がいるとかでそういうのもいいなあなんて、まったくもって現実感のない未来予想図で僕はしかし、なんとかなるだろうとUターンして来たんです。だいたいなんとかなってきた人生だし、と。

それがこんなことになっちゃった。高い杉の木の上に引っかかって、そこからラジオ放送始めるはめになった。思いもよらない事態ですよ。いまだに狐《きつね》につままれたみたいな気分で、お互いわけわかんないですよね。杉の木？　引っかかるってなんだよ、的な。

あ、このへんで曲かけた方がいいですかね。じゃ、番組最初の一曲。１９６７年、ザ・モンキーズで『デイドリーム・ビリーバー』、お聴き下さい。

ってことで、ＤＪアークがお送りしております想像ラジオ。この番組にまさにふさわしいナンバーでした。名曲ですよね。白昼夢を信じる男の歌。忌野清志郎率いるザ・タイマーズの日本語バージョンが思い浮かんだというリスナー諸君がいたら、それはそれでオンエアされてますのでお聴きいただきました。

つまり、この放送では同じ時間に別の曲をかけられるんですよ。それどころじゃなく、モンキーズがもっと聴きたいなと思った人にはなんなら全音源かかる。逆に音楽聴いてる気分じゃない場合は無音で、あるいは続くしゃべりに直結しますからね。こちら変幻自在、二十一世紀型のラジオですんで、どうぞお好きなようにお付き合い下さい。

さて、ワタクシＤＪアーク、とにかく話したいこと満載で、荷物積み過ぎたトラックみたいに左右にぐらぐらしながら猛スピードでお送りしてるわけなんですけど、さっき言った仕事辞めたくだりをもう少し聴いて欲しいんです。いや、愚痴《ぐち》とかじゃないんでひとつ安心していただいて。

僕だってそれなりにキラキラしたガラス玉みたいな夢があって、半分子供みたいな奴らの音楽に関わってきたんですね。これアパートの一室じゃないの？みたいな狭さのライブハウスを一緒に回ってツアーしたりして。そういうとこの楽屋とか、けっこう笑っちゃうぐらいすごいんですよね。ビルの地下の廊下に段ボール箱が積み上がってて、その裏でコソコソ着替えるなんてザラで。スタッフが住んでる六畳間が楽屋だったこともある。いや、男はまだいいんですよ、段ボール箱の裏だって。特にウチはお化粧系とかいなくて、ほとんどパンクスかえんえん踊れるファンク寄りの連中ばっかりだったんで、Ｔシャツ脱いでより汚いTシャツに着替えてステージ上がるような若人《わこうど》ですからね、廊下でもいい。ていうか、そのくらいの方が伝説になる。

けどガールズバンドだったり、メンバーに女子のいる時にそれはないじゃないですか。やっぱ明らかにテンションが下がりますよね。これからスター気分で演奏すべき時に鼻っ柱折られるっていうか、自分の扱いなんてしょせんその廊下の端っこで駆除されるネズミとおんなじようなものなんだって思い知らされる。カビくさいB1の、セットかと思うぐらい見事に切れかけて点滅してる蛍光灯の下、何人もの少年少女が蹴《け》りつけ殴りつけたおかげであちこちひしゃげた段ボール箱の内側で、僕のスターたちは肩寄せあって後ろ向きになって女の子を着替えさせて、必ずそういう時にキャッキャと無邪気な笑い声を立てるのが切なかったですよ、ほんと。

あ、ひょっとしてやっぱり愚痴に聞こえてますか、これ？　自分では照れるくらいノスタルジックになってたつもりなんですけどね。こう、記憶の画面に紗《しゃ》がかかってセピア色ないしはモノクロで少しスローモーションで。

なぜかっていうと、今しゃべったような劣悪な環境のライブハウスが、僕の仕事してた最後の五年間ほどでバタバタ潰れてって、資本力のあるグループがそれなりにキレイなライブスペースってやつを作り出したんですよね。僕が見渡してるこの小都市、海と山に挟まれた小さなエリアにはまだないと思うけど、そういう小洒落《こじゃれ》た場所って要するに、地方に住んでる音楽やりたい若い子をだましてる、だましてるってキツイ言葉かもしれないけど結局出演料とっていい気にさせてくれるだけで、ライブハウスとカラオケ屋にたいした違いがないわけなんですよ。

練習スタジオも同じグループの持ち物だったりすればもうカンペキ。閉じた回し車の中にジャンガリアンハムスター入れて走らせてるのと同じで、一晩中何十キロとダッシュしても一センチも移動なんかしてない。そんなことになるくらいなら、まだしも薄汚いライブハウスでギラギラした目で未来に飢えてる方が健全で、僕はそれが懐かしいと感じてるんですね。

ま、ともかく、僕が仕事辞めた理由のひとつは、そういう若い奴らの繊細《せんさい》さ弱さ自暴自棄や自己主張をもう見ていたくなかったからで、身近に付き合うのが怖くなるし、痛ましいし、それが実が熟す途中でポロポロ落ちてく病気の果物のように死んでいってしまうし、悔しいし、腹が立つわけで、だいたいそれを放っておくこの社会って何なんだよと疑問は頂点に達してて、それを事務所の高瀬さんにとつとつとしゃべったんですね、東京の吉祥寺にあるスタッフ行きつけの居酒屋で。

すると、僕の退職の弁を聞いた上で、最後に高瀬さんが重い口を開いたんですよ。お前の言ってることはわかる。だけどお前が事務所の金を使い込んでることも俺に言わなきゃ汚いだろ、芥川《あくたがわ》と。あはは。バレてたんですね、僕が地方出張なんかでちょこちょこ不正経理に手を染めてたことを。

いや、まあ不正経理っていうのは大げさで、たいした額じゃないんですよ。ライブハウス行ったついでに、メンバーをバンに乗せて帰らせて、僕だけ近くの都市のラジオ局とかレコード店とか回って新譜の宣伝したりＣＤの置き場所を前にしてもらったり、大きな事務所と違って僕らくらいのレベルのマネージャーってやること多いんですね。スケジュール切ってるだけじゃやってけない。

そういう時に行ってもいない場所までの電車賃を事務所に請求したり、友達と飲んでるだけの宴会の代金をかすめ取ったり、まあサラリーマンならみんな多かれ少なかれやってることですよ。でもそれが積もり積もっていって、さすがにそろそろまずいなあと思って事務所辞めてごまかそうとしてたこと、社長の高瀬さんはお見通しで。そこを突かれちゃったんですね、僕は。あはは。

いやはや、なんか熱い話からカッコ悪い話まで様々に脱線してお送りしているうちに、リスナーからメールが届きました。僕の頭の中に直接ビビッと来た。話が雨の直前の町みたいに暗くかげってきたんで助かります。ナイスタイミング。早速読んでみますね。

「こんばんは、ＤＪアークさん」

　こんばんは。

「私はそちらと逆に冬の短い場所でこの想像ラジオを聴いています。ちょっと遠いはずなので杉の木の上のアークさんのお姿を見ることは出来ませんが、素敵なお声はばっちり耳にしています。アークさんがマネージメントしていたというメートルズ、あたしも地元のライブハウスで観たことがあるんです。対バンのカフェ・オランダが元のボーイフレンドのバンドだったんで。メートルズ、三人編成のスカバンドでしたよね。かっこよかったです。ライブ終わったあとフツーに客席に来てくれて、ボーカルの金髪の人とけっこう長くしゃべりました。水の出の悪い部屋で彼女と暮らしてるって言ってたなあ。ひょっとしたらあの時、ＤＪアークさんとも何度かすれ違っていたのでは？　奇遇です。これからも放送にずっと耳を傾けていきます。頑張って下さい」

　ということで、お便りどうもありがとう。福岡県の想像ネーム・小風呂敷さんからいただきました。いやあ、びっくりですね、即座にこの反応。で、小風呂敷さんとしゃべった金髪はカンタって奴で、福岡の天神でやったライブだと三年前かな。あいつはその水の出の悪い部屋に住んでた彼女と結婚しました。ちょうどあのライブから一年後ぐらいの初夏の日曜日、西新宿の飲み屋で知らない男と喧嘩《けんか》になってビール瓶《びん》で相手の頭を殴って逃げて、なぜかその夜にプロポーズしたって言ってました。逮捕されると思ったんでしょうね。特に届け出もなかったらしいんで、髪だけ緑色に染めて人相変えたつもりで奴は今もメートルズやってます。

いやあ、せっかくいただいた初メールでいい話なんだかどうか微妙なエピソードになっちゃってすいません。かわりにナイスなナンバーをここで。１９７９年、ブームタウン・ラッツで『哀愁のマンデイ』。

お聴きいただきました、ボブ・ゲルドフの名曲。月曜日が嫌いだってサビで繰り返すところが憂鬱《ゆううつ》で、なおかつドラマチックで。ご存知の通り、若い女の子の銃乱射事件がもとになってる一曲。もちろん僕はリアルタイムには聴いてなくて、年が十個離れた例のデカい兄貴の部屋、これが二階の東南角部屋で妙に待遇がいいんですよ。兄貴はすべてにおいて家族の中の王様で、僕はその部屋に忍び込んでしょっちゅうレコード聴いて色んな音楽を覚えたんですけどね。ともかく、そんな月曜日の歌を金曜日の今日、まあ深夜なんで正確には土曜日の今お送りしました。やっぱ微妙なままですね。選曲間違えました、あはは。

さてそんな想像ラジオ、少しずつワタクシＤＪアークのキャラクターを理解していただいているのやら、いないのやら。ただ次のコーナーに行くにはまだまだ早いんで、ここからは少し複雑な話なんで声を落としておしゃべりしたいんですけど、小風呂敷さんも書いてくれたように、僕は高い木の上にいるんですね。町を見下ろす小山に生えてる杉の木の列の中。細くて天を突き刺すような樹木のほとんど頂点あたりに引っかかって、仰向けになって首をのけぞらせたまま町並みを逆さに見てる。まるでギルガメシュ神話の、洪水のあとの方舟みたいに高いところに取り残されています。

今はすべて闇に覆《おお》われているけれども、右手にはやはり杉で覆われた幾つもの小山、そちら側から僕がいる林の前を通って町を抜けていく水かさの低い川があり、その川がつながっていく太平洋の岸沿いに線路があって、少し向こうに山の腹を丸く開けたトンネルがかすかに見えるはずで、ただしそれらはすべて地からぶら下がって重力に逆らって貼り付いたり生えたりしてる。まるっきり逆さまの世界です。

左手に握っているのは開いたままの防水携帯です。視界の中になんとかぎりぎり画面が入ってるんだけれど、惜しいかな斜めになり過ぎて文字が読めない。でもたまに光るんです。誰かから連絡が来ていることだけは、ブルブルッと来る震えと光でわかる。それが大体誰かということも、バイブレーションを細かく設定してあるから推測できる。少なくとも身内は。

そしてもうひとつ、なぜだかわからないけど杉の木のてっぺん、僕の左脇から飛び出ている枝の上に体が白黒のハクセキレイが一羽とまっているらしいのが、携帯の光でうっすらわかるんですよ。鳩くらいの大きさで細いシッポをピーンと伸ばして、僕が好きな鳥なんですけど、そいつがじっとこちらを見下ろしてるんです。いや、逆さの世界だから正確には僕が見下ろしてるのか。とにかくやつは動かない。僕の番組進行ぶりを見ている。ディレクターのつもりなんですかね、あはは。

というわけで、そういう状態の僕はもうずいぶん前からここにいるような気がしてるんですけど、自分にはいっこうに覚えがない。こんなことになった直前の記憶を失っていて、ただ体の感覚として前後左右に引っ張り回されてから浮かんだ実感だけはある。だから色々考えてるんです。例えば良弁《ろうべん》ってお坊さんの話、知ってます？　僕も学生時代、つまりまだ奥さんと結婚していない頃、彼女の女友達がチケットくれて三人でなぜか文楽観に行って、文楽、あの日本の伝統芸能の人形劇、結局魅力がよくわからないまま帰ってきて、のちの奥さんにひどくバカにされたんですけど、その時観た話の筋としては確かあとあと東大寺を建てるのに尽力する良弁が赤ん坊の頃に鷲《わし》にさらわれて京都だったか滋賀県だったか、そのへんから奈良の二月堂のそばまで運ばれて杉の木に引っかかってるんですね。それを偉い坊さんに見つけてもらう。

そこだけがよく頭に残ってるんです。妙な話だなあ、誰かの夢みたいだな、と。大まじめに三味線《しやみせん》弾いてる人の横で、雪みたいに白い髪のおじいさんが顔真っ赤にしてストーリーを語ってた。ひょっとして僕が夢を見てるんじゃないかとさえ思った。眠かったし。ていうかかなりの時間寝てましたし。

でもね、今、なんか自分にもそんなことが起こったような気もしてるんです。自分は赤ん坊でもないし、のちに高僧になる人間でもないわけだけど、故郷の町に帰ってきてとりあえず住むことに決めてたマンションの五階の部屋に荷物運び込んだ翌日のたぶん午後、新居で煙草吸うのをやめるって約束はしてたんでベランダに出て紫色の百円ライター取り出して下向いたあたりで突如自分の両肩にデカい鷲《わし》の爪が食い込んで、体がぐらぐら揺れて、そのまま僕は空をふわりと飛んで上から町を悠々と見渡していたんじゃないか。狭い港とそれを囲む山々、その間のほんの少しの土地を開発して人間が建てた民家や商店、郵便局に病院の数々を。なんていうかグーグルマップみたいな感じで。

そういえばバサバサいう羽音を聞き続けてたようにも思うし、鷲がいやに臭かったその匂いが鼻の穴の奥にまだついてるようにも感じるんです。まったくおかしな話ですよ。それはわかってるんです。でもそうでもなければ、大人が一人で木の上に引っかかってるなんてあり得ますか？　そこんところは絶対的に事実なんですから。

ただ僕を見つけてくれる偉い坊さんがいない。坊さんどころか、あたりは静かで誰もいないかのように見える。目の前に広がる逆さの小都市に人っ子一人いないんですよ。僕はいわばその恐ろしさから逃避するためにこうしてぺらぺらしゃべり始めたに違いないし、寂しさを慰める苦肉の策がこの想像ラジオだと言ってもいい。一体僕はどんなことが起きたあとの世界にいるんだろう。そう考え出すとにわかに頭がおかしくなってくる。

想ー像ーラジオー。

ジングル鳴らしても特に話題変わるわけでもなく、あはは、この場所で僕は父方のじいさんのことも何度も思い出してるんですね。それこそ僕が二歳とか三歳だった頃の、人間としての最初の記憶が強い力でがっしりつかまれて浮き上がることで、あとで親の話や写真と付け合わせて考えると、どうやらじいさんに抱き上げられた時の感覚を僕はずっと持っているらしくて。

嫌いな人だったんです。赤ん坊の時はただつかまれて恐かっただけだろうけど、僕が中学一年の夏に亡くなったお袋とじいさんがずっとしっくり行ってないのを僕はムードとしても、それから蔵の方へ走っていって柿の大木の裏に隠れて泣いてたお袋の姿としても知っていて、ちなみにこの大木は蔵を改築する時に伐《き》られちゃったほんとに大きくて太い木で、蔵の屋根の庇《ひさし》の一部を突き抜けて立っていて、横なぐりの雨でない限りいつも幹がカラッカラに乾いてた。登ろうとすると縦にギザギザに割れてて手足が痛いんですよ。

その大木の裏に駆け込んだエプロン姿のお袋、あれは夕食前だったんでしょうね、もう味噌汁の匂いもしてたし、風呂がわく香りもしてたから。恥ずかしながら僕が小さい頃はまだ薪《まき》で焚《た》いてたんですよ、うちは。母屋《おもや》では奥のじいさんの部屋から咳払《せきばら》いがして、親父の低い声がそれに混じってたのを覚えてる。僕は息をひそめていて、すでに体が大きかった兄貴は気にせずにテレビを見ていた気がする。チャンネルを選ぶ権利は兄貴のものだったから。いやまあ、とはいえなんにせよこのシーンの記憶はずいぶん育ってからのものだから、僕はほとんど直感的にじいさんを嫌う子供だったんでしょうね。直感的に母をかばっていたとも言えますよね。

で、なんで二人がうまく行ってなかったかっていうと、ま、もうお袋もじいさんもとっくにいないし、親父に今聞いても答えないだろうからパキッと確実なことは言えないんだけど、もともとお袋は近くの集落から来た人でクリスチャンで結婚しても教会にはよく通っていて、写真が何枚か残ってるんでそれがわかるんですよね。僕も彼女のロザリオを触らせてもらったことがあるし、教会にもついて行ったことがある。知らないきれいな女の人の結婚式に僕が参列した写真もあるから、お袋は僕を頻繁《ひんぱん》に教会に連れて行った様子なんです。

　だけど兄貴のそういう写真がない。そもそも兄貴が生まれた途端、お袋は洗礼のことを考えたはずで、というのは母屋の縁側でやっぱり夏で右手前にある梅の木の茂った葉に日が当たって、庭にくっきりした影を落としているような昼下がり、たぶん僕は小学校低学年で午前中で学校は終わっていて、横座りしているお袋と二人でいた。冷たいジュースをもらって一緒に縁側にいる僕にむかって、お袋はその時、兄貴に別の名前があったんだけれど今はみんな忘れてしまったという話をしたんですね。当時、僕はお袋がおとぎ話を始めたと思ったし、自分はもうそんなに幼くはないと反発した気分になった。

　みんなが忘れたその名前はなんなのかと聞くと、お袋はそれまで耳にしたことがないような破裂音の入った短い言葉を言ったんですね。僕はそんなのが人の名前でいいはずがないと思ったし、なにしろまず音の奇怪さに違和感を覚えた。お袋の口から出てくるべき音じゃないと思った。

　それから、甘えたガキの僕はもうひとつ、自分にはそういう別の名前がなかったのか、といじけたんです。するとお袋は笑うっていうか、僕の記憶では顔を横に向けて息を吐いて、その顔にちらちら庭石に反射した日の光がよぎってて、あとは定番の、蟬《せみ》の声だけがじっと聞こえてるってパターンで。そんな記憶が僕にはあるんです。

だからといってじいさんの方が熱心な仏教徒でもなかったはずで、つまり宗教的対立が深いとも思えないんですね。彼の信仰心がしごくいい加減であることは、他の旧家のお屋敷に比べて仏壇がさほど充実していなかったことでもわかるし、むしろ線香の燃えかすで白くなったそこはテレビのリモコンとか彼の拾ってきた変わった模様の小石の置き場だった上に、僕が物心ついた時にはすでに亡くなってた祖母のアルバムがしまってあるだけの場所だった。少なくとも僕にはそう見えた。

だから、じいさんも僕と同じようにお袋の口から出てくる言葉の奇妙な響きに反発を感じただけなんじゃないかと、ひょっとするとそういう感覚重視の人間がじいさんで、だったら僕の音楽好きだってじいさん譲《ゆず》りなのかもしれないな、と。現にうちのじいさんは米問屋でずいぶん儲《もう》けて、よくお座敷に芸者さんあげてドンチャン騒ぎやってたらしいんですよね。しかもその席で土地の民謡を歌うのが好きだったって、そういえば親父からかなり迷惑だったみたいな感じで聞いたこともあって。

だって、じいさんって言っても、つらつら樹上で数えてみればエプロン姿で柿の木の裏に駆け込んでた当時のお袋が三十歳ちょっと、じいさんだってたぶん六十歳前後なんですよ。老人なんかじゃ全然ない。抱き上げられた赤ん坊の時の僕にとっては老人でしわくちゃで口から変な臭いがしたたし、声もスカスカに嗄《しゃが》れていて白い顎《あご》ヒゲが顔にかかってかゆかったかもしれないけど、今の僕からすれば単に少し遠い未来の自分なんですよ。事務所の高瀬さんとさして変わらない年齢なんです。

そう考えると、ずっと長い間、抵抗を持ってたじいさんにも変なエピソードがあったのを思い出し始めて、もちろんだからといってお袋が我慢し続けた齟齬《そご》を帳消しにしようとは思わないけど、少なくともこれから僕の人生の中でじいさんにも聞くべき意見はあったのかもしれないと一瞬思って。

例えば、そのじいさんのエピソードのひとつがやっぱり夏の話で、彼ももう少し年はとっていてたぶん七十過ぎにはなっていて、ただのちに親父や兄貴を苦しめるボケは進行していなくて、徘徊癖《はいかいへき》も出ていない頃なんですけど、僕は小学生で夏休みに母屋のガランとした広間にいて、そこは暗くて涼しくて風がよく吹き通る場所で、同じ部屋にじいさんもいたんですね。

テレビでは甲子園で高校生が戦ってて、僕はむしろサッカーが好きだったからたぶん従《い》兄弟《とこ》とかと遊ぶ予定がドタキャンされて時間がぽっかり空いたんだと思うんですけど、じいさんの方は仕事を親父にまかせてでも甲子園は見たいという野球狂で、籐《とう》で編んだ座椅子を縁側の廊下に出して、そこからテレビをじっと見てたんです。

そしたら、じいさんが僕の名前を呼ぶんですよ。冬助《ふゆすけ》って。春夏秋冬の冬の、冬助。芥川冬助っていうのが僕の本名なんだけど、じいさんはさも驚いたことがあるみたいな声を出して、僕にテレビをよく見るように促すんですね。僕は画面を、そういやあの頃は解像度悪かったですよね、ぼんやりしてて、平気で波みたいに揺れたりもして、まあとにかく甲子園球場からの映像を見たんですけど、別に普通の球児たちがいるだけだった。

するとじいさんは、自分の胸を左から右にさして、それから画面の投手の胸を右から左にさした。で、大まじめな顔で、新作がピッチャーだって言うんですよ。新作っていうのはじいさんの幼なじみの悪友でよく二人で夜赤い顔して帰ってきて、二階の寝室から降りて行くと僕の頭をぐりぐりなでて酒臭い息をかけてくるんだけど、その度に律義《りちぎ》にポチ袋に入ったお小遣いをくれるんで嫌いになれなかった、いや実はかなり好きだったおじさんで、孫の女の子が学校の一学年下にいて、僕はちょっとその目の大きな子が気になってたりして。

そんなおじさんが、まあじいさんと同い年の新作おじさんをひいきみたいにして僕はおじさんって呼んでたんだけど、なんにせよ甲子園に出てるわけがないですよ。いい年なんだから。新作おじさんは足が悪くて杖ついて歩いてたし、そもそも孫のいる高校球児っておかしいでしょ、あはは。で、振り返ってじいさんの顔を見たけど、まだ真剣な面持ちで眉をひそめてる。ただ、自分の胸を変わらずさしてるんで、あれっと思ってテレビ見たら、選手の胸に作新学院って書いてあった。

昔の人が右から左に字を書くのはうすうす知ってたんで、じいさんは院学新作って順番で読んでるんだと急にわかって、僕は狂躁的《きょうそうてき》に笑って違うよ違うよ新作おじさんじゃないよ、あれは作新学院の選手だよと叫んだ。もし本当にじいさんがそう思っているなら、狂っているとも感じて恐ろしかった。けれどもじいさんはそれでもまだ胸をさして、けげんな顔を保っていた。僕は気を失いそうなほど絶叫した、違うよ違うよ新作おじさんじゃないよ。じいさんは苦いものを口の中で転がしているような表情でじっとしてた。

今の今まで、僕にとってそれは本当に気持ちの悪い思い出だったんです。僕が大学に入った年の春にアルツハイマーを発症し始めたじいさんと、その小学生の時の夏休みの記憶が今の今まで入り交じっていたからでもあるんですね。でも、思い返してみれば、彼はその時決してボケてはいなかった。実際何年も普通に仕事を続けて店を大きくしたし、蔵を近代的な三階建ての倉庫に替えたのもじいさんなんですから。

つまり、なんのことはない。彼はあの夏の午後、単に僕を笑わせようとしてたんですよね。いまひとつ決まらないギャグをそしらぬ顔で仕掛けてきた。で、すっかり失敗して孫の僕を恐がらせちゃった。仲良くなりたかったんだな、あの痩《や》せた人は僕と。なるほどそうだったのか、と僕は彼を亡くして数年の、この杉の木の上で一人思ってもいるんです。いまだに嫌いだけど。

では、そんなこんなで一曲。1949年、フランク・シナトラで『私を野球につれてって』。

いい曲ですねー。そしていい声。こういう懐かしのメロディ的なナンバーもかけていきます想像ラジオ。

さて、皆さん、曲の間にメールどんどん来てます。放送に気づいた人が増えてるみたいです。

「こんばんは、DJアーク」

はい、こんばんは。

「番組冒頭の呼びかけを偶然ちらっと聴きとった気がして、俺もなにげに想像してみたんだけっども、幾つか山ば越えたとこさいるはずのDJアークの声がいぎなしはっきりしてきて、それが今ではラジオどころか村のあっちゃこっちゃさ備え付けられた白いスピーカーから大音量で鳴り響いてるのがわがんのっしゃ。

いつもならどこの田んぼの稲刈りに協力するとかしないとか、山の鹿が里さ出てきてっから注意しろとか、作付けの説明会があるから村民会館に集まれとか、そんなことを役場で一番若い女性の、といっても三十代後半の大谷さんていう声の低い人が短く数回伝えたと思ったらぷっつり切れちまうような村内放送が、すっかりＤＪアークにジャックされて、音は宙から降り注ぎ、大地にしみわたってるっけよ。

みんなで聴いてんだ。山肌さ腰ばおろして膝を抱えて、ある者は大の字になって星を見て。黙り込んで。

だからもっとしゃべってけろ、ＤＪアーク」

ということで、想像ネーム・ヴィレッジピープルさんからお便りいただきました。ありがとう。仰《おお》せの通り、ワタクシしゃべってしゃべってしゃべりぬく所存です。そして、もう一通。こちらは想像ネーム・Ｍさんから。

「こんばんは。イヤホンをしているわたしの耳の奥で、本当に遠くからだけれどあなたの声が聴こえています。ここは大都会だから雑音が多くて、あなたへの想像がしじゅうさえぎられてしまう。

わたしはこんな夜中にアパートを出て、あなたの声がより強くする方へとよろよろと歩き続けています。郵便局の角を曲がって、黄色く点滅し続けている信号の下で交差点を渡り、少し戻り、また渡り、目に眩《まぶ》しい白さのコンビニの前を避けて左に曲がり、閉店後の花屋の前のいつ盗まれてもおかしくないたくさんの鉢《はち》を横目にふらふらと、この二年間でガリガリに痩せてしまった体をあてなく運んでいるんです。

これまでわたしに話しかけてくれる人は少なかった。あなたはその中の一人で、わたしは一方的に話しかけられている気がしない。あなたがお母さんのことを話す時に、わたしはそれがわたしだけに向けられた比喩《ひゆ》だとわかるし、あなたのおじいさんの臭いはわたしの胃からも立ち昇ってくる。そもそもあなたをしゃべらせているのが、救いのない気持ちにプレスされて紙くずで出来た立方体のようにスカスカになっているわたしだと、少なくともそんな思いでちりぢりに爆発しそうなリスナーすべてだと、わたしはあなたの耳鳴りのような声から気づかされている。

あなたの放送があと何日続くのかわからない。イヤホンからつたってくる水滴のようなつながりを失わずに、出来ればわたしはこのまま歩き、よろめき、そこへたどり着いてあなたをねぎらいたいと願っています。ひたすら地べたをゆくわたしもまた、針みたいな葉で出来た高い木の上に吊られて生きていると感じているから。番組がどうか長く続きますように。かしこ」

熱烈なメールをありがとう、Mさん。そちらも休み休みどうか長く歩き続けて下さいね。

僕もとりあえず頑張ります。

で、女性からメールが来たところでもう一人、僕に近づいて欲しい女性、ちょっとまじめな自分を演出するようで申し訳ないんですけど、僕の奥さんから連絡がないんですよね。この木の上に移動する何時間か前は部屋に一緒にいた記憶がしっかりあるんです。

雑然とした、引っ越しから一夜明けた部屋の中で段ボール箱を椅子にしてテーブルでパンを食べて牛乳を飲んで、食事中にテレビだけでも配線してくれって言われて、確かにそうだなと思ってダイニングルームでごそごそやってた。テレビの裏に体をすべり込ませて作業していると、周囲の状況はてきめんにわからなくなる。一度ガチャッとマンションのドアの音がした気がして、奥さんが何か用事で外に出たように理解した自分がいるんですけど、それが事実かどうかがわからない。

今もじっと防水の携帯を見てるんです。たまにぼうっと光るのが視界に入ってる。でも、彼女からの着信がない。電話もメールもない。親父と兄貴からは連絡あったんです。というか、この放送が始まる直前に下から声をかけてきた。冬助、やっと見つけたぞ、子供の木登りじゃあるまいし何やってるんだ、早く降りて来い、という意味の親父の怒鳴り声がした。僕は仰向けのまま、それが動けないんだ、消防隊か何か呼んでハシゴ車を出してもらってくれないか、と答えた。なんとかするから待ってろ、と兄貴が叫んだのがわかった。

それから二人が相談する声がして、やがてそれが遠ざかっていって今に至るというようなわけで。

おーい、ミサト、どこにいるんだー？

とまあ、思いっきり公私混同で放送させていただいております想像ラジオ、ついでにもうひと声、お許しをいただいて。

ソウスケ、たまにはそっちから電話して来いよー。ほんとはスカイプでいいんだけど、今ちょっとパパはあれだから、説明しづらい状況っていうか、自分にもよくわからない事態になってて、とにかく手元にパソコンないから。……ま、だからしばらく連絡なくてもいいかも。……電話だと高いから。

すいません、結果すごく優柔不断なメッセージを息子に送っちゃったわけですけどソウスケっていうのは植物の草からとった名前で、育ってく過程で色んな風が吹いても柔らかく受け流して瑞々《みずみず》しくいて欲しいなっていうような、そんな意味を込めたんです。ちなみにミサトは美しい里って書きます。そっちは親がどんな意味でつけたのか、聞いてません。

で、その息子の草助が小さい頃、確か幼稚園年長くらいですかね、ありとあらゆる物を手に取って耳に当てて、なんか言ってるって主張し始めた時があって。あの頃の息子はつまり、僕がやってるような想像ラジオのリスナーだったんだなとさっき急に思ったんです。

朝から晩まで、彼はかなりヘビーなリスナーだった。

例えば、ある休日の午後だったんですけど、奥さんの持ってたけっこうぶ厚い小説を両手で持って、本の背のところに小さい耳当てて、キリンさんが困ってるって言ったことがあって。何言ってんだと思って適当にあしらって缶ビール飲んでたら、奥さんが急に目を丸くしてこっちを見て、首の長いのが特徴のヒロインが特にその長さを強調するように首を折って朝日の中で人生の苦境に耐えるのが印象的なシーンなんだって言い始めて。

ほんとかよ、じゃあっていうんで、他にも次々と本に耳を当てさせて、まあその日はとにかく暇だったんですよね、息子は自発的にじゃないとたいていの本を嫌がったんだけど、僕がセルジュ・ゲンズブールの読めもしないのに買ったフランス語の伝記を耳のそばに持っていったら、ゆらゆら腰を揺らして踊り始めて。シャンソンが聴こえてるのかな、なんてありえないことを奥さんと話したりして二人でぞっとするって言い合って、親バカですよね、結局。

でも、本以外にもそんなことは幾つか起こって、息子は少なくとも何か鋭敏なものを持ってるように僕らは思って、過保護って言えば過保護、どっか腫《は》れ物にでも触るように育てちゃったんでしょうかね。どんどん引っ込み思案で内気な子供になって。自分が仕事でそういう自分への反発を音楽にぶつけてる連中を見ていていつもハラハラしたりイライラしたりしてたのに、なんか逆にそっちへそっちへ近づけてしまってるような罪悪感っていうか、いつの間にか彼を追い込んでいってるような胸の痛みはいつもあって。

もちろんそんなことを父親から中学生の子供に話したことはなくて、だからこの放送を奴が聴いててくれるといいんだけどなんて、まことに都合のいいことを考えてるワタクシDJアーク。

ではここで一曲。1968年ブラッド・スウェット&ティアーズ、日本語で言えば血と汗と涙で、『ソー・マッチ・ラブ』。


はい。ということでブラスロックの創始者でもある彼らのデビューアルバム『子供は人類の父である』から、ラストの渋いナンバーをお届けしました。ちなみに、タイトルにラブって言葉が入ってる曲ならもっと聴きたいのがあるよって方々には、そちらも同時に放送しましたよー。無限にあるでしょう、これ。

さてさて、先ほどからお伝えしているようにメールが引きも切らずに届き続けております。電話もつながっているようですね。

もしもーし。

「もしもしー」

北関東の想像ネーム・アブラナさんですか。

「はいはい、そうです」

DJアークです。

「どうも、こんにちは。あ、こんにちはと言いますのはね、わたし朝が早い仕事なので夜中の生放送は聴けず、そちらからすると一日遅れの午後に番組を楽しみつつ、過去のアークさんにお電話しているわけなんです。通じておりますか？」

通じてますよ。ていうか、こうしてしゃべってるじゃないですか、あはは。

「や、そうですね。わたしは地元のスーパーで野菜の仕入れを一括担当しておりましてね、アークさんが放送を始めた夜半あたりの時間は毎日、部下と市場に向かっておりまして、到着するとあわただしくその日入荷する生鮮野菜を選ぶんです。じゃあ行きの車の中で聴こうと思えば聴けたんじゃないのと言われそうですが、その時にはまだ番組の存在に気づいておらなかったのです。あいすいません」

いえいえ、いきなり始めた放送ですから、その初回に耳を傾けていただいただけでうれしいですよ。

「それはともかく、アークさんが転機だと言っておられたので電話を差し上げたんです。

わたしは今、やりがいのある仕事をやらせてもらっていると日々感謝しておりましてね。若い頃は親の店を手伝っていましたが、商店街の小さな店舗で野菜を売ってるのもすっかり時代遅れになって、引き抜きの話が来た折にすでに親が亡くなっていたこともあり、組織の中に転職いたしました。五十を越えての決断でありました」

いやあ、そうなんですか。さぞ悩まれたんでしょうが、でも今となっては……。

「大成功だと思っております。アークさんにもそういう未来が来るとよろしいなと願っておりましてね」

恐縮です。お気遣い、身にしみます。こんな通りすがりのラジオ・パーソナリティに。

「いえいえ、しかし今日は市場が混乱して、わたしが希望する取引が出来ませんでしたよ。完全に入荷をあきらめて帰ることにして、そのままトラックを運転してくれている部下と止まった車の中にじっとしております」

え、そうなんですか。なんだか大変な時にすいません。

「そういう時だからラジオが助かるんですよ、アークさん。ここは交差点のど真ん中です。複数の車が鉢合わせして動けません。さすがに部下がぐったりしてきましたので、今日はこのへんで。どうぞわたしたちリスナーのためにも楽しい放送を続けて下さい」

ありがとうございます、アブラナさん。

「はい、失礼いたします」

失礼します。

いやあ、大渋滞のようですね、アブラナさん。北関東では市場にも影響が出ていたとのことで、僕が記憶を失っているせいでしょうか、よくわからないまんま、こちらはのんびりしていいてすいません。

続きまして、こちら。メールを読みましょう。想像ネーム・簞笥《たんす》屋のアタシさん。

「DJアークさん、ていうのもなんだか感じが違うので、芥川君と呼びます。放送聴いていてもしかしたらと思っていたんだけど、本名を言ってくれたのでやっぱりそうだ！と思いました。

覚えていますか？　中学校の時に同じ松本先生のクラスにいた前田陽子です。簞笥屋のマエダの娘です。芥川君のお父様と私の父がライオンズクラブでよく交流していました。一時は二人が中心になって港の端に土地の江戸時代の名士の銅像を、それがどういう人だったかはすっかり忘れてしまったけれど、とにかくブロンズの全身像を建てようとやっきになっていたのを覚えています。漁協の理解がまるで得られずに頓挫《とんざ》したと聞いていますが。

それはともかく、芥川君、私は今日の午後、たぶん芥川君だろうと思う人の姿を見ました。つかまっていないと立っていられないほど部屋が揺れて揺れて、それが泣き出しそうなほど長く続いたあと、私はあわててラジオをつけた。すると速報で津波の高さは六メートルだという。そのくらいなら足の悪い母親をおぶって山の方に少し行けば大丈夫だと思って、私は二階の自室から階段を降りて父に声をかけ、奥の部屋のこたつのそばで腰を抜かすようにしていた母にありったけの服を着せて表に出た。

　最初は海の方を確かめ確かめ、母の手を引いていた。そのうち近所を気にするようになった。みんなはどうしているんだろう。走り出している人もいれば、家の中で家族の名前を呼んでいる人もいた。そうやってあたりを見回している時、右手にある五階建てのマンションのベランダに、赤いヤッケを着た男の人が見えた。海の方を見ていた。その人が芥川君だと思ったのは、前日近所の同級生に芥川君が東京から帰ってくると聞かされていたからで、どこに引っ越してくるのかは知らなかったけど、小さな町だし、だいたいはあそこあたりだろうと無意識に見当をつけていたのでしょうね。

　なぜあなたが逃げないのか、よくわからなかった。六メートルと最初に情報が出回ったからか。長く東京にいて避難訓練なんかしなくなっていたからか。あなたは外の誰かに声をかけているようにも見えた。私は長く気に留めていられなかったので、父を励まして時田牛乳の角の細い道に入って、駐車場で両親を車に乗せて坂を登った。

そこから先のことをくわしく書く気になれないのだけど、私はたまたま出会った顔見知りのおばさんに窓ガラスを叩かれ、念には念を入れろと言われて、目標をもっと上にした。父と母を材木工場のある高台まで連れていって車から降ろし、私は母がうわ言のように気にしていた預金通帳を取りに急いで家に戻ろうとした。案外道がすいていたし、うまくいくと思った。

ほんの少し一人で運転している間に、遠くで信じられないことが起き始めているのを見た。空の下半分くらいが黒く見えてきた。六メートルなんて嘘だとわかった。あちこちの家が同時にふらふらと動き始め、そこにビルと自動車が加わった。建物という建物が上下左右に揺れて移動した。車を荒っぽくUターンさせて、私は両親のもとへ急いだ。今度は行く道行く道が他の車でふさがっていた。私は車を捨て、振り返り振り返りしながら走った。

芥川君、それからずいぶん長い時間が経った。知らないうちに、私の体もずぶ濡れになっていた。振り返って下を見た時、赤いヤッケの人が高い場所に持ち上げられ、ぐるぐる回るのをちらりと見た気がした。それからしばらく水の中に見えなくなった。私も水に呑み込まれていたのかもしれない。無我夢中だったので記憶は連続していません。ただやがて赤いヤッケは右手の川だったあたりの上にあらわれて凄い速さで移動していた。

そして杉の木が山を覆っている方向に赤いヤッケが流されてゆき、ついに木の一本に引っかかってあちこちに引っ張られているのを見たと思う。水が引いてからも何度か私はその赤いヤッケの人に目をやった。いつ見ても動かなかった。私自身も何かに体を打ちつけられ、しびれて動けなかった。そのまま日が暮れてしまった。何時間もあなたはその姿のままでいました。

芥川君、それがこんなに饒舌《じょうぜつ》にしゃべっているとわかって、少しほっとしました。早く地上に戻ってきてください」

いやはや、ついつい一気に読んじゃいましたけど、何からしゃべっていいか。まず、前田さんのこと、よーく覚えております。お久しぶりです。そして実際、書いてくれた通り赤いヤッケ着てますよ、今。だけど、僕にそんなことがあっただなんて、まったく記憶にない。ほんとにわからない。唯一記憶にある体が持ち上がる感覚は、波に呑まれる僕だったってことですか？　そもそも、この杉の木の上は六メートルなんてもんじゃないですよ。倍以上はあると思う。そんな高さまで、波が来るもんですかね？

ただ、何時間も動いてないよってご指摘、それを言われちゃうと確かに自分はしばらく動けてないわけで、雪がしんしんと降る夜中に、なぜヤッケひとつでじっとしていられるんだろうとは、一方でいぶかしんでもいるんですよ。だからうっすら思ってるんだけど、僕はひょっとすると、その、ひょっとするんじゃないかって。まさかとは思うんだけど。

とにかく、これはどうしたって普通じゃない。

えっと、あの、ちょっとだけブレイク入れます。

ここで何か音楽を。

じゃあ、ボサノバの巨匠アントニオ・カルロス・ジョビンで『三月の水』。

知らないけどって方も想像でお聴き下さい。

ただし僕が戻ってくるまで、何度も繰り返しかけますんで、その間、皆さんも用事をすませたり夢の中で幸せを噛《か》みしめたり、ご自由にお過ごしいただければ、と。

ではどうぞ。

第二章

その声が私には聴こえない。

樹上の人の強烈なイメージは否定しようもなく私の中に存在しているし、その姿に取り憑《つ》かれていると言っていいほどなのだが、肝心の声が耳に届かない。

彼は何を言っているのか。

言っていたのか。

私はもっと集中するべきだと思う。

そのせいにしたくはないが、そもそも右耳は一ヶ月前の花曇りの日、親の法事で羽田から福岡に飛行機移動した際に、風邪気味で鼻が詰まっていたためか気圧の変化に対応出来ず、離陸して数分で激しく痛み出し、何度もあくびなどして圧力を抜く努力をした甲斐もなく、ぷつりと聴こえなくなってしまった。

福岡空港からタクシーで博多に入り、プリントアウトしておいたグーグルマップを運転手に示して私はそのまま大通りに面した寺にたどり着いた。法事は父の三回忌だったが、それが行われている間、私は左耳で僧侶の経を聴いたし、久しぶりに会う総じて痩せて色の黒い叔父叔母、従姉妹《いとこ》たちと懐かしく言葉を交わす時も首を不自然に曲げなければならなかった。大事な日だというのに、母は体調を崩して寝込んでいた。

私の耳は少しだけ回復していたが、完全に聴こえないわけではないという程度で、自分の声が頭蓋骨《ずがいこつ》の右側にこもって鳴るのが雑音めいてうるさくもなり、やがて私はしゃべらなくなってしまって、疲れているのかと複数の親戚に聞かれた。私は笑顔で首を振ったが、右耳の奥はその度に刺されるように痛んだ。

その日は実家に滞在してリビングのソファに横たわったまま、そばでしゃべり続ける母の話を聴いているふりをし、東京に帰って耳鼻科に行くと、喉の痛みなどでたまに相談に行っている親切な女医が頭の上に付けたライト兼反射鏡のようなもので耳の奥を明るく照らして覗き、あらあらと高い声を出すと、そのままの勢いで航空性中耳炎ですね、今すぐ手術しましょうと言った。簡単に済むということだった。私に断る選択肢はなかった。

近くの別の席に移らされると、子供が多く通う病院だからか、丸椅子の上に人気アニメのキャラクターの印刷された毛布が置いてあり、私はそれを他にどかす場所も見つけられず、仕方なく膝にかけて座った。横を向くように言われ、聴こえない右耳を女医の方に差し出すと、細いジュラルミンの管がアリクイの鼻のようにゆるやかにカーブしている器具で、まず中を素早く吸われた。

鼓膜《こまく》の切開は一秒ほどで済んでしまった。私には器具を見る暇はなかった。じっとしているうちに、耳の奥がガサッと一度いっただけだった。そのあと、女医はまた例のアリクイの鼻めいた細い管で耳を吸った。

はい、手術終わりました。薬を何種類か出すので飲んで下さいね。あとは水泳以外、何をやってもけっこうです。もう聴こえるでしょ？

確かに聴こえは改善した。外界の音は少しくぐもってはいたが、蓋をされたように聴こえなかった時とはまるで違っていた。私はそれから処方された抗生物質などを律義に飲み、一日に数度、抗菌剤や合成副腎皮質ホルモンの液状になったものを、横になってアンプルから右耳に入れた。点眼のように、それを点耳《てんじ》と呼ぶことを私は初めて知った。

けれど、今度は左耳の調子が悪くなった。というより、以前から私は騒がしい酒席などに長くいると音がキンキンと実音以上に高く響いて感じられることがあり、一度始まるとその場を出るまで治らないのだった。特にコンクリートで囲まれた店内だと症状がよく出た。聴覚が反響を拾い過ぎるのだろうか。

ともかく、私のその傾向が航空性中耳炎以降に余計強くなったとわかったのは、手術から三日後、二日続けて居酒屋チェーンで別の編集者と打ち合わせをしたためで、てきめんに両日とも左耳が過敏になったのである。

もっと静かな店にすればよかったのだが、私はどちらの日も知人の戯曲家が作演出している芝居を下北沢と三軒茶屋で観る予定になっており、そのあとの適当な待ち合わせでふらりと入れるのが大型店舗だったのだ。どちらの編集者とも、私が週に三日勤めているカルチャーセンターでの講義を本にまとめようとしていた。そうでもしないとSさんは寡作だから読者から忘れられてしまう、と両編集者は申し合わせたように同じことを言った。まさに耳の痛い意見を拝聴するうち、実際に周囲の若者の騒ぐ声が私の左耳にキンキン響き始め、肝心の打ち合わせ相手の声が聴こえづらい上、わずかな痛みさえ生じてきた。

治療途中の右耳の聴こえも万全ではないから、左耳まで調子が悪いとなると不安になった。元来、私は人に耳がいいとよく誉められた。パトカーのサイレンを遠くからでも聴き取ったし、人の声の特徴を聴き分けて指摘するのが比較的うまかった。あなたは私の小さな声を珍しく逃さず聴いてくれる人だ、と昔付き合っていた女性に感謝されたこともある。それだけに、私は両耳の不調に気を落とした。

いや、これはむしろ樹上の人の放送するラジオを聴くためではないか、と私は妙なことを思いもした。普段受け取っている周波数がわずかずつ変化しているのかもしれないと私は淡い期待もして、耳を澄ますというよりも外界の音を遮断するようにして聴こえてくるはずの何かに集中しようとした。だが、それはいつまで経っても届かなかった。

そもそもあの大きな東北の災害から半年経った宮城、さらにまた一年経った福島に私がささやかなボランティアに行き、どちらの地でも、ある樹上の人の存在を聞いたのだった。津波に町を洗いざらい破壊されたあと、避難して高台の小学校で暮らしている宮城県沿岸のとある場所の人々が、災害後半年してようやく直接支援物資を持っていった私の背後、濡れた木材や雑巾《ぞうきん》のように絞られた金属の塊、色とりどりの布や生活用品がうず高く積まれ、その表面にハエとカラスが異常発生している場所の向こうの、蛇行する小川の上流を指さしてぽつりと言ったこと。それが山を二つばかり越していった先の杉の木にしばらく人が引っかかっていたという記憶だった。低く語られたその言葉を聞いた途端、その記憶は私にもまたどうしても忘れられないものになった。

それがさらに六ヶ月してからのボランティア先の福島の仮設住宅で、今はもう人が入れない圏域にも同じことがあったと噂のように聞いて私は驚いた。樹上にいたのが同じ人であるはずもないが、私にはふたつの体が同一のように思えて仕方なくなったし、それどころかありとあらゆる場所にその体があって我々を見下ろしているように感じられた。

波に浸かった杉の木は、どちらの土地でも一定の高さから下が暗い橙色《だいだいいろ》に染まっていた。

塩にやられて変色しているのだったが、それはあり得ない高さを示していた。もしも樹上の人がてっぺんまで押し上げられたのだとすれば、少し山の奥にある若い杉かもしれないし、樹皮は橙一色なのに違いないと思った。

その福島滞在から車で東京に帰る夜の中に私はいる。信号だけが光っている幾つかの被災した町の中央を我々の白いバンは通った。八人乗りだが、最後部の座席はもともとサンダルやカップ麵やトイレットペーパーなど支援物資でいっぱいで、帰りには段ボール箱や壊れたテレビなどを引き取って積んでいたから、一行は私を入れて五人。リーダー格のナオ君が助手席におり、運転はいつものように色白で背の低いコー君、その後ろの列の左手にある一人用座席に私より年上の写真家のガメさん、右端の窓際が私で隣は木村宙太という背の高い若者だった。

行けどもしばらくどこにも人は住んでおらず、闇は地の底から立ち昇っているかのように下から暗かった。無数の声もそこにまた立ち昇っているはずだと私は思ったが、私に聴き取る能力はなかった。特に聴かなければならないのは樹上の人の声だった。私は車内でそのことを短く同行者たちに言った。耳の具合が悪いからというわけでもなかろうに、どうしても聴こえないと私はほぼつぶやきのように話した。すると、僕にはさっきから何かが聴こえている気がしていた、と災害直後からボランティアを定期的に続けてきた年上のガメさんに言われた。

　同行している息子ほどの年齢の若者たちにもガメさんと親しく呼ばれている写真家は、前回の宮城行きも誘ってくれた人だった。ガメさんは闇の中でこう続けた。

「七年くらい前、広島に行った時にも同じざわざわ、というか熱狂的な声を僕は聴いたと思うんだよ。一緒にいたのはトランスジェンダーで自分を女性だと考えている占い師で、自称霊能力者。幻視や幻聴で若い頃から苦しんで精神病院にも入っていた奴で、一時は僕の大親友だった。ああ、そうそう、Sさんも知ってるよね。チコってみんなが言ってる、あいつです。智慧《ちえ》の子って本人は名乗ってたらしいけど、あれは痴《し》れ者の痴《ち》だろうって奴も多くてね。

　突然白目むいて他人の言葉を降ろすかと思うと、彼女すごく冷静に哲学的なこと言ったりするでしょ。本も実はたくさん読んでるし、写真を見る目も一流で、あいつはほんとに素晴らしかった。僕は智慧の子の方だと思いますね。ご存じのように、今は行方不明でもうかれこれ一年以上誰も連絡が取れてないけど。

　奴が話してくれた体験談のうちで傑作だったのはテレビの音量のエピソードでね。Sさん知ってる？　ああ、そうか。それがおかしいんですよ。チコと知りあった頃、だから十年前になるけど彼女は長いことテレビの音量をゼロにして見ていて、それはある日画面にカタカナでオンリョウって表示されてるのに気づいたからなんだとさ。その時は確かオンリョウ20だったっていうんだけどね。彼女はつまり霊の方の怨霊の目盛りだと思ってこの世に怨霊を増やすべきではないと、リモコンをすかさず操作したんだそうだ。やっぱり怨霊はゼロが望ましいわよねって、彼女は吹き出しながら僕に話してくれたもんだ。おかげで音のしないテレビを見慣れることになって、読唇術を身につけたとも彼女は自慢していた。まったくおかしな奴だよ。

それはまあともかくとして七年くらい前の話だ。彼女が主催して広島で鎮魂のセレモニーを今こそ行いたいと言い出して、複数のクラブを夜通し使って七十年代の反核運動の、ギャザリングっていう集会の貴重なフィルムを流したり、若いラッパーがメッセージを音楽に合わせて朗読したり、ライブペインティングがあったり。草の根ネットワークながら、なかなか盛大に数日を過ごしたイベントがあって。

最後の夜にオールナイトで数組のセッションバンドのコンサートがあった後の早朝、広島平和記念公園の慰霊碑の前にハワイから来たシャーマンと、日本を代表するハワイアン歌手と我々数人だけで死者に鎮魂の歌と踊りと祈りを捧げた時のことが僕は忘れられない。

まさに原爆が投下された八月初めだったのじゃないか。明けてきた夏の朝が涼しい公園のあちこちを白く光らせ始める頃、僕も彼女も地元スタッフの中心的な人物も別々の方向からのろのろと集まり、徹夜明けの疲労とこれから起こる未知のことへの期待で全身をいっぱいにしながら慰霊碑の真ん前まで来たんだよ。

それから五分もしないうちに、公園の正面入口から小さな人影がゆっくりとこちらへ近づいてくるのがわかった。一人はハワイの背の低いシャーマンで日焼けした肌の上にアロハシャツをはおり、腰に蓑をつけ、頭にシダらしきもので出来た冠をかぶっている。もう一人は日本のハワイアン歌手の女性でゆったりとした空色のワンピースを着ていた。やはり頭には草を巻きつけ、大きな赤いハイビスカスの花が耳の上に一輪差してあったのが印象的だった。ともかく目の醒《さ》めるような気品が彼らから立ち昇っていたよ。

わずか十分ほどの静かな儀式だった。シャーマンによる伴奏もなしの歌めいた祈りが荘厳に執り行われ、そのあと歌い手が一曲を丁寧に歌い、それが歌の一部に過ぎないかのような自然さで踊った。彼らの前でチコは膝を折り、額をコンクリートにつけて祈りに集中していた。何か朗唱しているのだけれども、それが何かはわからなかった。僕はたった三回、どうしようもなく撮りたい場面でしかシャッターを切らなかった。小さなシャッター音さえ慰霊の邪魔になると思ったんだ。

夏の公園にはシャーマンたちと彼女を見守る我々以外、人っ子一人いなかった。だがね、Sさん、僕には喝采《かっさい》のようなものが聞こえた。鳴き出した朝の蝉の声とは別の周波数で。

いや、喝采じゃない。それは子供たちの歓喜と怒号が入り混じった声かもしれなかった。というのも、前日の夜、チコと広島の街を歩いてイベントに賛同している店から店へ移動している時、彼女が何度となく踝《くるぶし》まである幅広いスカートの裾を払ったからで、その度に彼女はこんなことを言ったんだ。

待ちなさい、みんな。ちょっと静かにしてちょうだいよ。明日の朝、みなさんのために祈りますからね。それまで待ってくれないと。もう何十年も待ったんですから、あと少しくらい我慢してくださいさい。私たちは集中して用意をしています。大丈夫。明日の朝ですよ。

そして、何度目かで彼女は僕の方を向き、無数の子供たちが街角のあちらこちらから群がってきて大変なのだと苦笑した。私たちが真珠湾のある島からシャーマンを連れてきて、その島で亡くなった人とその島から始まった戦争の最後にこの街で亡くなった人を共に慰めようとしていることを、とっくに子供たちは知っていて待ちきれないのだ、と。

彼らが見えるのかと僕は聞いたよ。彼女は見えないのかと答えた。この街のあらゆるところに彼らはいるし、声を上げていてうるさいほどだと彼女は再びこぼした。僕は即座に信じることはしなかった。だが、否定しようとも思わなかった。ただ、すでに長年にわたって懇《ねんご》ろな慰霊が行われているのに、なぜまだ子供たちが街にいるのかと僕は質問した。彼女の答えはこうだった。あなたは霊があの世へ去ってしまえば、あとはお盆にだけ帰ってくると思っているんだろうけど、彼らはいつだって好きな時に往き来するんですよ。もし彼女が狂人なのだとしても、彼女のその世界観、それから彼女の考え出した鎮魂の方法に僕は感銘を受けていた。ガメさんも写真を撮りに来てよ、今この国に必要な祈りをいたしますからね、と彼女に言われてわけもわからず出かけてきただけだったから」

ガメさんはそこで口をつぐんだ。話が終わったのかもしれなかった。私は続きを待った。同乗している若者たち三名もそうだったと思う。窓を閉めきった車内にはエンジンの音と、我々の小さな鼻息しか聴こえなかった。

しばらくして、ガメさんは間があいたことをいっこうに気にしていない風に唇をぴちゃりと音をさせて開いたはずだ。私にはそれがきちんと聴こえた。暗闇の中でそれは官能的に響き、改めてガメさんが車内のどの位置に座っているかを明瞭に示した。

「Sさんね、その時に聞いた子供たちの歓喜の声と怒号。いやはやっぱり喝采だったのかな。それが自分には忘れられないんだよ。耳鳴りのようなものがしたと思ったら、それは遠くの小学校から聞こえるような大勢の子供が叫ぶ声に変わってゴーッと地響きみたいな音になって同時に拍手みたいな雨粒の音がした。

僕はその時思ったんですよ。日米両国のシャーマンたちの共同の祈りによってようやく霊は融和的に慰められたとも言えるし、どちらの霊も誇りを傷つけられて唸りをあげていたとも言える。けれど、それは頭で考えればの話だ、と。何にせよ、もしも霊が存在するなら、彼らは戦後六十年ほどして、今までにないやり方で慰めようとする者があらわれたことに一様に興奮して金切り声をあげているんじゃないか。

僕はね、Sさん、その樹の上の人が金切り声では決してないけれども、何かを言っていることはあり得ると自分が霊魂の存在を信じているわけではないくせにね、それでもやっぱり思うんですよ。というより、君の話を聞いていたら実際あの広島の朝の時のように遠くから聴こえる声が耳の奥に届いた気がしたんだね。

ただしあの時と違ってそれは一人の男の声だったよ、Sさん。一瞬、電波が悪いところで電話をしてるみたいに言葉めいたものが切れ切れで聴こえた。妙に明るい調子だった」

そこでガメさんが、持っていたペットボトルから水を飲んだのが気配でわかった。短い髪のゴマ塩頭をぐりぐりなでる様子も伝わった。そのままガメさんは本当に話をやめた。疲れたはずだった。二年前喉頭癌《こうとうがん》を早期発見し、その折に喉の手術を受けたガメさんだった。手術もリハビリもうまくいったが、昔よりめっきりしゃべらなくなっていた。その夜のように一方的に話し続ける姿は珍しかった。

実は治ったはずの癌がリンパ節に転移しているのではないか、と彼の写真事務所の女性アシスタントがこっそり、我々ボランティアグループのうち最年少のコー君に打ち明けたらしかった。ガメさんは精密検査を受けたはずなのだが、なぜかその結果を周囲に教えてくれないのだと女性アシスタントが漏らした、とコー君はその日の昼、ガメさんたちが仮設住宅の共同トイレに行っている間にひどく悲しそうな表情をして私だけに手短にささやいた。

たまに事務所を訪れて数人いるスタッフに特製のチゲ鍋や炊き込みごはんなどをふるまう奥さんも、近頃は書類の確認などしてすぐに帰ってしまうそうで、何が今ガメさんの身に起きているか夫婦以外には誰もわからないというのだった。

コー君がなぜ私だけにそれを伝えたのかわからなかった。私自身も父を原発不明癌で亡くしていたが、コー君が知っている話ではなかった。感受性の強い若者の、勘のようなものだろうか。

最初は父の首に大きな腫れ物が出来たのだった。まるでコブとりじいさんのようだ、と母はおどけた一文とともに私に患部の写真を携帯電話で送ってきた。それが癌の始まりだった。病院で検査を受けた父は腫れ物を切除すると刺激によって全身に癌が転移する可能性があると担当医師に言われ、薬で抑制することを自身で選んだ。通院でコブは多少小さくなった。しかし、全身への転移は止められなかった。

父が入院してからの二ヶ月、私はそれまでほとんど帰ることのなかった郷里を出来る限り頻繁に訪れ、父を見舞った。怒濤《どとう》の、と言いたい早さと勢いで癌は父の体中に散り、脊《せき》髄《ずい》に沿って点々と飛び火し、絶え間なく行軍し、おかげで父は歩けなくなった。

女性看護師と私や母が抱いて車椅子に乗せて、トイレに連れていった。帰りに、父は車椅子から自力でベッドに戻りたがった。一ヶ月ほどするうちに、父は両手を肘かけに突っ張って思い切り力を入れてもうまく立ち上がることが出来なくなった。父は顔をしかめてぶるぶる震えたが、尻がほんの少し椅子から離れるばかりだった。助けようとすると首を横に振った。ある日、父はとうとう顎《あご》を肘《ひじ》かけにつけ、歯を食いしばった。顎の力で椅子から離れようとしたのだった。悲鳴のようなものが父の喉から出た。

私は助けたかったが、手を貸せば父のプライドに傷がつくと思った。しかし、いつまでもそのままにしておけば、父は自分の無力を私の前で認めざるを得なかった。ぎりぎりの瞬間、私は無意識に手を出して父の背中を抱いていた。いつの間にそばに来ていたのか、若い女性看護師はその私より一瞬早く、肩を父の左脇に入れていた。そして徹底的に職業的な素振りで父を立たせ、はい、ベッドに移ってくださーいと、まるで父が自分の意志で移動しているかのように言った。私はその人に黙って頭を下げた。

ほどなく父は亡くなった。最後の二週間は寝たきりになり、太腿と腰が痛いと母や私になでさすらせていた。触っているから、半日ごとに痩せていくのがわかったし、筋が張って乾いて外に出てくるのが手のひらに伝わった。父はその変化を知られることを嫌がる余裕をすでに失っていた。ともかく肉体以外の力をどこからか振りしぼって生き直すのだと執念のように思っていた。モルヒネの量が多くなり、朦朧《もうろう》としている時間が日々長くなった。父は自分が亡くなっていくのだということに死の床でも気づいていなかったと思う。

私は同じことがガメさんに起こって欲しくなかった。ガメさんとは長い仲だった。自分より五歳だけ年上のガメさんに、私は過剰なほどの信頼を寄せていた。理想の父を見ていると言ってもよかった。もともと旅行雑誌のグラビアページで東南アジアの島を一緒に取材した。十五年以上前、二十世紀の終わり頃のことだ。

当時、その島はリゾート開発に力を入れていて、要するに記事はタイアップ企画だった。あるひとつの、大きな敷地の中に点々とバンガローが並ぶホテルに我々は数日宿泊し、船を出して釣りをしたり、車で島を一周したりした。ホテル内には白いポロシャツに濃紺のズボンというユニフォームの警備員が何人もいて、初日から人懐《ひとなつ》っこく話しかけてくるので答えているうちに腰に付けた短銃などを見せてくれるようになった。周囲のギャングから客を守るのだ、と警備員は言った。腕を組む警備員の横で私が銃を持つ姿を、ガメさんは写真に撮った。

夜になって彼らの人懐っこさの理由の一端がわかった。彼らは売春の斡旋《あっせん》もしているのだった。いわば彼らこそがギャングだったのだ。我々に同行した編集者はその日から若い女を買って部屋の中に入れた。私は断った。ガメさんも酒を飲んで一人で早々と寝た。

翌日も翌々日も警備員は女を買えと言ってきた。特に、最も年かさのベルトという、おそらくもともとは植民地時代の支配層のロベルトという名がやがてなまったのだろう、癖毛で中肉中背の男がにやにや笑いながら、取材に出る我々、取材から帰ってくる我々にそれを勧めた。編集者は毎日違う女を買った。街灯が亜熱帯の敷地内を黄色く照らす中、ピンク色やレモンイエローの田舎っぽいドレスを着た女たちが行き交った。私とガメさんは彼女たちと無関係でいた。

ベルトは二日目の夜、女を断る私を見て急に大きな声をあげ、そうか、お前は女じゃない、クスリが欲しいんだなと言って目を丸くした。それならクリスタルという美しい結晶がある。吸うとすぐさま気分がハイになるんだとベルトは言った。私はそれも必要ない、私はいわば海と空を見にきただけだ。女もクスリも要らないし、どうせ記事に出来ないと言った。

ガメさんは隣のバンガローのポーチにいて、プラスチック製のテーブルに載せたカメラ機材のメンテナンスをしながら私とベルトのやりとりを聞いていた。まだデジタルカメラの時代ではないから、風上のガメさんの方から機械油の匂いが薄く流れて来たのを覚えている。ガメさんは太い声で笑い出すと、ベルト、誰もがお前の欲しいものを欲しがるわけじゃないんだよとむせながら言った。ベルトはそちらを見て、じゃあ何が欲しいんだと不機嫌そうに聞いた。夜の空中にコウモリがジグザグに飛んでいた。あらゆる光に蛾《が》が集まっていた。

ガメさんは、そんならメシを食おうと言い出した。お前のうちでどうだ、とガメさんは続けてベルトに話しかけた。俺のうちでか、とベルトは目を丸くして答え、そんなことをしたがった奴はこれまで四半世紀いなかったと笑った。そして意外なことに、明日でいいか、一度でもうちの女房の料理を味わったら最後、日本に帰りたくなくなるぞとガメさんの顔を指さした。おかしな成り行きだった。

取材の最終日、観光協会と航空会社から指定されていたレストランとマッサージ店の取材は夕方に終わり、バンガローに帰ってくると例によって編集者はベルトにあてがわれた若い女を名残惜しげに買った。一方で、私とガメさんは部屋の前にふらりとあらわれたベルトについて歩いて外に出ると、あちこちに傷のついた灰色のセダンに乗せられて三十分ほど移動した。

ベルトの家は繁華街から離れた小さな村の端にあって、前庭には小さな花が色とりどりに咲き乱れていた。妻が園芸好きなのだとベルトは自慢げに言い、レンガを敷いて作った細い道の上を通って我々を家の中に導いた。彼がチャイムを鳴らすまでもなく、花柄のワンピースを体にぴたりとまとった茶色い髪の奥さんが笑顔でドアを開けてくれた。その奥に二人の娘がよそゆきの姿で恥ずかしそうに立っていた。特に年上の方の、中学生くらいの娘は奥さんにそっくりですでに彼女より背が高く、キューブリックの映画『ロリータ』を思い出させるような薄い水色と白の細かなチェック柄のワンピースを着ており、腰を茶色のベルトで細く締め付けていた。

挨拶をして進んでいくと、客間のテーブルにはすでにずらりと皿が並んでいて、豆を野菜と煮たものや串焼きの肉、春巻きのようなもの、ボウルによそってあるほかほかのごはんなどがあった。私とガメさんは指定された木の椅子に座ってビールを所望し、ベルトと三人で地ビールの濃い緑色の細い瓶をぶつけて乾杯をした。奥さんと娘たちがそれをにこやかに見ていた。とても売春組織の幹部的な男の家にいるとは思えなかった。

だが、食事を進めているうちにベルトの酒の飲み方が激しくなり、ウィスキーを生《き》のままであおっては妙に嗄れた声を出すようになると、やがて年上の方の、あのワンピースの娘を自分の横に呼んで、このおじさんの、とガメさんを指し、腿の上に座ってビールを注いでやれと言い出した。いつかお前の仕事になるかもしれないから、と。

私はその悪い冗談に頭の中の水分が瞬間的に沸騰《ふっとう》するような気分になり、しかし何を言ってもいいかわからずにテーブルを拳で殴りそうになった。が、ガメさんの反応は違った。わっはっはとことさら大きな笑い声を吐き、娘さんを手で制したガメさんはビール瓶を持ったままゆっくり立ち上がって主人の席にいるベルトの脇まで行くと、ぽんぽんと彼の肩を叩いて家の外へ出ようと誘った。

あっけにとられている私をよそに二人の男は黙って前庭へと移り、ベンチに腰をかけた。ガメさんは何か話し始めた。ガラス越しにそれを見ている私には何も聴こえなかった。ベルトは身振り手振りを多用して、そのガメさんの言葉に答えているように見えた。ちらちら確認しながら私は残りのビールを飲み、奥さんが黙って持ってきた派手な色のケーキと濃いコーヒーに目をやって会釈をしたりした。

そのまま、おおむねベルトが話した。ガメさんは聞き役だった。ベルトの顔は真剣そのもので、鬼気迫るものさえあった。そして、私がデザートを食べ終える頃には、ベルトがガメさんの手を両手で握って頭を下げていた。さらにベルトはガメさんを抱きしめ、何度も頭を振って感激をあらわした。

バンガローまで送ってもらってから、私はガメさんと彼の部屋で少し酒を飲んだ。何があったのかと当然私は聞いた。自分を大事にしてくれと言っただけだよ、とガメさんはしごく短く答えた。ベルトが何を言っていたのか、なぜ彼があそこまで昂《たか》ぶっていたかを一切話そうとしないガメさんに、私はこういう父親が欲しかったと思った。他人の言葉を引き出して深く受け止め、大きな和解に導いてしまうような大人。私の実際の父は臆病で小うるさく、ベルトの家での私のように激《げき》しやすいくせに物事への対応が下手で現実から逃げてごまかすところがあった。私が子供の頃から、父は近所でよくいさかいを起こした。

そんな父と変わらず結局ガメさんが同じような病いで苦しんで亡くなるとしたら納得いかなかった。父にとっても彼の死が教訓にならないのは不甲斐ないだろう。私もやはり自分の無力を反復することになる。何より、私にはまだガメさんが必要だった。

「遺体はしゃべりませんよ。そんなのは非科学的な感傷じゃないですか」

突然、ハスキーな低い声が聴こえた。そこはベルトのいた南の島でもなければ、父と過ごした病室でもなく、福島から東京へ向かう深夜の真っ暗な車内だった。声は例の、ボランティアのリーダー格であるナオ君のものだった。私は彼の本名を知らなかった。みんながその、髪の両サイドを刈り上げたソフトモヒカンの体格のいい若者をナオ君と呼んでいるから、私もそうしていた。

非科学的な感傷。ナオ君は助手席から後ろの私と、ガメさんに話しかけているのだろうと思った。樹上で亡くなっていた人が何かを訴えていないかとしきりに気にする私と、確かに声が聴こえると言ったガメさんに向かって、ナオ君は冷静な口調でさらに説き伏せるように続けた。私は頭を少し傾け、左耳を特に澄ました。

「あのですね、俺らは生きている人のことを第一に考えなくちゃいけないと思うんです。亡くなった人への慰めの気持ちが大事なのはよくわかるんですけど、それは本当の家族や地域の人たちが毎日やってるってことは体育館でも仮設住宅でもいくらでも見てきたじゃないですか。段ボールで位牌《いはい》作ってでも、皆さんは鎮魂をしています。

その心の領域っつうんですか、そういう場所に俺ら無関係な者が土足で入り込むべきじゃないし、直接何も失ってない俺らは何か語ったりするよりもただ黙って今生きてる人の手伝いが出来ればいいんだと思います。

ガメさんもSさんも無神経な人じゃないのは十分知ってるんで、逆にっつうか、だからこそ口をはさませてもらうんですけど、広島のことだってそうなんじゃないかとさっき聞いていて俺は思いました。もっと遠巻きの周囲から見守らせてもらうくらいのことしか、俺らはしちゃいけないし、そうするべきなんだって」

ナオ君の意見に私は息をのんだ。彼はボランティアを続ける中で実践的に自分の考えを形成しているのだった。対して私は軽々しい人間だと思った。ただ、事態に関係のない者が想像を止めてしまうのが本当にいいことか、私にはまだ引っかかりがあった。何か言わなければと私は言葉を探した。

先に口を開いたのはガメさんだった。

「そうかもしれんな、ナオ君」

たったひと言だった。ガメさんはナオ君の意見に逆らわず、言い足しもしなかった。おかげで私も口を閉ざさざるを得なくなった。

けれど、私のすぐ左から声がした。私とガメさんの間に座っている木村宙太、若者の中では最も年上でひどく無口で癖毛を短く刈っている無精ヒゲの青年が、少し緊張しているのか咳払いをまじえて話し始めたのだった。私はまた、聴こえている側の耳をしゃべる者の口元の方へ差し出すようにした。

「ゴホン、ナオ君さ、ガメさんは聴こえたことにしてあげたいんだと思うし、それは大事な気持ちじゃないかと思うんだよ、俺は。いっぺんにあんなことが起きて、それは広島だってたぶんそうで。いや全部似たものとして片づける気は絶対ないんだけど、東京だってゴホッ、それは俺が植木職人の下についてバイトしてた時に何度も教わったことなんだけど、東京の大空襲でも大勢がひと晩で命なくしたって聞いてて。爆弾落とされて火の海になって焼けた人もいたし、隅田川に飛び込んで溺《おぼ》れたり窒息したりした人もいたんだぞって親方のおやじさんが、そのおやじさんにとっても親からのまた聞きなんだけどってゴホン、俺に話してくれたんだよね。

亡くなった人が無言であの世に行ったと思うなよ、とおやじさんが仕事帰りに植木道具を置きに行くと奥の座敷から廊下に出てきて茶碗酒片手で俺によく言うんだよ。叫び声が町中に響き渡ったはずだし、悔しくてどうしようもなくて自分を呪うみたいに文句を垂れ続けたろうし、熱くて泣いて怒って息を引き取るまで喉の奥から呻《うめ》き声あげたんだぞって。先代の親方は、自分が知らないその夜のことをおやじから聞いて、しょっちゅう夢見て飛び起きたんだって言ってたけど、先代は話を聞いて後悔したことねえぞって言うんだ。

ゴホッ、俺は亡くなるまでのその声を考えるのと、亡くなったあとを想像するのにそれほど差があんのかって思う。恨みはあるし、誰かに伝えたかったこともあるし、それが何だったか考える人がいてもいいし、いやいなくちゃいけないし、それがSさんだったりするんじゃないかって、ゴホン、俺はそう思うんだよ、ナオ君」

そこで木村宙太のスピーチは終わったようだった。運転席にいる色白のコー君が、途中何度も後ろを振り返って何か言いたげだったが、木村宙太が話をする熱意をさえぎることは出来なかった。ガメさんはといえば、車内で始まった若者たちの討論をあたかも村の長老のように腕を組み、目をつぶって聞いていた。

「わかるけど」

とナオ君が前方を向いたまま言った。

「たぶん宙太君のそれは遠い過去になったから語る人が色々でもむしろ事実を忘れないためにいいわけで、つまり広島や東京の話だけど」

ナオ君はそう続けた。年上でも宙太君と君づけで呼ぶのが今どきの若者だとその時になって私はなお強く感じていた。その今どきの若者のハスキーな声はよどみなく車内に流れた。

「それに比べてだよ、宙太君、俺たちが会って話をしてる徳田さんや小さい方のアキちゃんや五郎君たちみたいに自分一人生き残った人に対して、あなたのご家族は今あの世でこんなことをつぶやいてるんじゃないかなんてことを、いくらなんでも口に出来ないでしょう？

これは失礼な言い方でほんとに申し訳ないんだけど、Sさんは元は博多の人で長く東京に住んでて、親戚の誰一人東北にいないし、友達が亡くなったわけでもないと聞いています。そういう人が死者への想像を語る時期でも、そもそも語る問題でもないと俺は思うんです。まして亡くなった人のコトバが聴こえるかどうかなんて、俺からすれば甘すぎるし、死者を侮辱《ぶじょく》してる。

Sさん、これは俺たちボランティアがどういう場所でも常に突きつけられている事柄で、甘い想像で相手に接してる限り何度でも、お前に何がわかるんだとつっぱねられるんですよ。お前たちには帰る場所があるし、実際帰るんだし、それに対して炊き出しに並んでいる自分らは河原でも、あ、俺たちはもともとホームレス支援をやって知りあったんで、よく河原で物資配ってたんですけど、そういうところでもこっちの仮設住宅でも、寒い冬空の下で凍えて暮らしてそこからよそに移ることが不可能なんだぞ、と。時期を見て快適な自宅に戻るお前たちは生活をなんら根本的に変えてないじゃないか、と俺たちボランティア仲間は当事者どころかネットの中で無関係な人間たちにも叩かれて、むやみに軽蔑《けいべつ》もされます。

そういう中で俺たちはやるべきこと、やるべきでないことを日々学んできたんですよ、Sさん。で、今Sさんのやってるのはやるべきでないことです。ガメさんが広島の慰霊碑の前で声を聴いたというのは、何か自分も役に立ちたいと考える側の身勝手な欲求ですよ。

それは現実が立てる音じゃない」

「ナオ君さ」

と木村宙太が間髪いれずに割って入った。呼びかけられたナオ君の右腕には肩から手の甲にまで黒い幾何学模様が入れ墨されていた。今回仮設住宅の人の好意で順番に湯を浴びた時に聞いたのだが、それはポリネシアで〝英雄の力〟をあらわす柄なのだそうだった。

一方、木村宙太の背中一面には威勢のいい鯉の滝登りが和彫で美しく刻まれていた。その二人が考えの違いを戦わせている閉ざされた暗闇は高速度で移動しており、私には神話の中に出てくるような空を飛ぶ乗り物に思われた。ヒレをはね動かす魚をシンボルとして肌に背負う男は、その乗り物の中央で咳き込みながら続けた。

「ひとつだけいいかな。ゴホン。あと少しだけ。俺もあくまで相手のためみたいな顔で同情してみせて、ほんとはなんていうか、他人の不幸を妄想の刺激剤にして、しかもその妄想にふけることで鎮魂してみせた気分になって満足するんだとしたら、それは他人を自分のために利用してると思う。

だけども、そこできっぱりと妄想から手を引いてゴホッ、今生きて苦労している人のことだけ考えるってことにも自己満足はあるんじゃないかな。もちろん、自己満足のまったくないパーフェクトな正しさなんて俺はあるわけないと思うし、正直そのことはナオ君から教わってきた。

最初はそういう善人にチョー憧れてて、自分の名誉欲とか徹底的に捨てようとしたし、役に立つことへの、なんだろう、自分が自分にリスペクトみたいな気持ちを抑えに抑えたけど、どれだけ欲を減らしたつもりでも現地の人たちにその坊さんみたいなたかのくくり方がむしろ気に入らねえって言われた。一時密接に連絡とりあってた漁港の宮間さんに腕相撲の三番勝負しようって急に持ちかけられて、勝ち越した方が本音言うって条件出されて俺は本気でやったんだけど、あんな年寄りでもやっぱ海の男はすごくて腕相撲のコツもよく知っているんだろうしソッコー二敗して、俺は一時間説教くらって、偉そうにするなよ、悟ったような顔がうっとおしいんだってきつく言われたし、そのあとでナオ君からも色々アドバイスもらった。ゴホン。

その上で、自分が完璧じゃないからこそ余計に他人の便利だけ考えるようにして、自分がどう見られるかはまったくどうでもよくて、そういう気持ちで行動する癖を作ってきたつもりだよ、俺はゴホッ。問題は役に立つか立たないかで、あとは全部考えるのをやめるっていうのがナオ君の教えだからね。

だけど、そこでもう少し俺なりに思ったことがあって、さっきのSさんたちの話聞いてたらなんとなくコトバになったんだけど、亡くなった人の声を自分の心の中で聴き続けてることを禁止にしていいのかってことなんだよ、ナオ君。

実際、各県の施設に自称霊媒師がうじゃうじゃいる。あれなんか完全に他人の不安を利用して亡くなった人の声を聴いてるふりして小銭を巻き上げてると思うし、俺は例えば仮設の中で自分が聴いた声をそこで誰かに話すべきじゃないと思ってる。生きて家族を弔《とむら》って毎晩うなされて起きて自問自答している人に対して、それは失礼なおしゃべりだよ。ゴホッゴホゴホ」

一度むせるようにしてから、

「けど」

と木村宙太の演説は転びかけた人が立ち止まらず、前へ前へと転がるように続いた。

「だけどだよ、心の奥でならどうか。てか、行動と同時にひそかに心の底の方で、亡くなった人の悔しさや恐ろしさや心残りやらに耳を傾けようとしないならば、ウチらの行動はうすっぺらいもんになってしまうんじゃないか。

先代の親方はいっつも言ってた。酔っぱらって回らない舌で、すげえ江戸弁っぽく。いいか坊主ゴホッ、俺が時々しゃべらずにいるからって何も考えてないと思うなよ。そういう時こそ俺は大事な先祖のことや、病気から守ってやれなかった何本かの古木のことを思ってんだぞ。それに気づかないような野郎に庭なんかまかせらんねえ、って。

Sさんは作家なんですよね？　俺も一度エッセイなのかな、短い文を雑誌で読んだことがあるんです。なんか野生の動物がどんどん里に出て来てるけど、奴らはその環境に順応もし始めてるんじゃないかみたいな話で、人間の生きてる場所なんか乗っ取ってやると思ってるかもしれないって結末で。

作家っていうのは、俺よくわかんないけど、心の中で聴いた声が文になって漏《も》れてくるような人なんじゃないのかと思うんですよ。その場で霊媒師みたいに話すんじゃなくて、時間かけてあとから文で。しかも確かにそれが亡くなった人の一番言いたいことかもしれないと、生きている人が思うようなコトバをSさんは、なんていうか耳を澄まして聴こうとしていて、でもまったく聴けないでいるってことじゃないか。ナオ君。その耳を澄ます行為は禁止出来ないよ」

木村宙太がそれを言い終えてから、一瞬の間があった。ナオ君が大きく息を吸っているのが、耳の悪い私にさえわかった。

「禁止してるんじゃない」

ときっぱりナオ君は言い、そのまま強い語気で丁寧に続けた。

「いくら耳を傾けようとしたって、溺れて水に巻かれて胸をかきむしって海水を飲んで亡くなった人の苦しみは絶対に絶対に、生きている僕らに理解出来ない。聴こえるなんて考えるのはとんでもない思い上がりだし、何か聴こえたところで生きる望みを失う瞬間の本当の恐ろしさ、悲しさなんか絶対にわかるわけがない」

エンジンの一定した低い音が車内にこもっていた。いつの間にか後ろにもう一台、首都圏に帰るのだろう建設会社のトラックらしきものが荷物を満載してついて来ていた。そのヘッドライトの白い光が我々のバンをぼんやりと包んでいた。

ガメさんが目を閉じたままなのが見えた。真横の木村宙太は下を向いたまま頭を上げなかった。前方助手席にいるナオ君は、これまでの会話がまるでバンの前に広がったスクリーンに再現されているかのように、しっかりと道路の先をにらみつけていた。タイヤがアスファルトに吸いつく音ばかりが私の左耳に響いた。

ずいぶん沈黙があってから、静けさとほとんど差のないような声で、気づけば運転手のコー君が話し始めていた。それともその前から言葉はとうに始まっていて、私が聴き取り損ねていたのだろうか。

「もっとはよ言いたかったんやけど、僕」

もみあげと後頭部をきれいに刈り上げ、その上の髪にゆるやかなパーマをかけたコー君は、黒い伊達《だて》メガネの奥のつぶらな目でちらちらとルームミラーをのぞき、後部座席の私とガメさんを交互に見た。まだ二十代後半でうぶな少年のような印象が強かったが、中学一年生の時に阪神大震災を経験し、そこから何年か言葉をしゃべらなかったと聞いたことがあった。

「さっきからうっすら耳の奥に届いてる曲があって、カーラジオ点《つ》けてたんかなと途中まで思てたんやけど、チャラい放送やってることの方が多いし聴くのんやめようってナオ君が決めてたからスイッチは絶対切ってるんすよ。でも、明らかに聴こえてきてるんです、ラジオから。雑音混じりで。飛び飛びに。

信じて下さい。聴こえてんのはアントニオ・カルロス・ジョビンってボサノバの巨匠の『三月の水』って曲で、原題は『waters of march』ゆうて、『三月の雨』とか訳されてたりするんやけど、ボサノバが好きな人はあえて『三月の水』って直訳することもあって。それの、エリス・レジーナって歌姫とジョビン本人がデュエットしてる、ガチに定番なバージョンなんです。

考えてみたら、皮肉なタイトルにもほどありますよ、被災地からの帰り道に。けど、何回もかかってます。繰り返し繰り返しです。

ナオ君と宙太さんが話し出した頃、その曲を紹介してる人の声がまずうっすら聴こえたと思うんです。ガメさんが言うように一人の、男の人の声やった。あ、ほら、また曲が始まった」

しかし、私にそれは聴こえなかった。

「ラジオ、か」

と言うのが私には精一杯だった。

第三章

おはようございます。

こんにちは。

あるいは、こんばんは。

皆さんの想像ラジオ、またまた始まりました。ただ今真夜中の二時四十六分、本日もたとえ上手のおしゃべり屋、ＤＪアークがお送りいたします。

とはいうものの、早くも自分の中で日付がはっきりしない。昨日の放送がどこまで続いたものか、爽やかに朝を迎えて終わった記憶はさらさらなく、酒に呑まれた男の愚痴みたいに同じボサノバの一曲をえんえん繰り返したあと、放送に戻ってきて取り乱して何度も奥さんの名前呼んで、なんとなく理解しかけた自分の状況を彼女に説明して息子の名前を連呼して泣いて泣いて泣き疲れて眠ったものかどうか、いわば『酒と泪《なみだ》と男と女』的な結末がそこにあったか否か、僕には夢と現実の区別がさっぱりついていないんです。ちなみに夢ではぐっすり赤子のように眠りました。

ただ、曲の間にリスナーの皆さんから大量のお便りが届き続けていたことは、このアーク忘れるはずもございません。あれは紛れもない現実としてしっかり覚えていますし、僕が再びしゃべり出した時の、なんていうんですかね、聴こえるはずのない地響きみたいなワーッというどよめきが自分を確かに包みましたよ。メールは発表もしていない僕のアドレスに豪雨みたいにザーザー届くし、左手に握ったままの画面の見えない携帯も鳴り続くし、知人から見知らぬリスナーまでほんとに様々な方からのお叱りと励まし、ありがとうございます。

ということで、今もまた空に灰色がかった闇が広がっています。そして突然目の前に白い雪があらわれる。僕は相変わらず杉の木のてっぺんで仰向けになって冷えきっていて、でもやっぱり自分に起きたことなんて本当は信じてないし、簡単に納得すべきことでもないと思いながら、いやまたそんなこと言ったらお叱りメールの重さで杉の木がしなるほどの大量攻撃を受けることも必至なんだけれども、それでもそういう方々含め僕の放送に耳を傾けてくれているリスナー諸君に向けて、一羽の小さなハクセキレイと共にいるこの高い場所から無駄なおしゃべりを精一杯続けていこうと思っている所存です。しかしこの鳥、動かないな。はく製か？

想ー像ーラジオー。

　さて、ここでリスナーからの電話中継が入ってきました。どうやら僕のいる場所からだいぶ北に行った、松林で有名な小さな岬の突端にある海の宿『トーガエン』からで、声の主はキミヅカタケオさん五十三歳会社役員です。

　では早速呼んでみましょう。キミヅカさーん。

「はい、キミヅカです。ＤＪアークさんのご紹介の通り、こちらリアス式で入り組んだ海岸のとある岬の上、松林の中に立つ宿から生中継でレポートお届けしてまいります。とはいえ、私、地元の者ではなく、一昨日東京本社から部下を一人連れてこの地を訪れまして、付近数ヶ所を候補にコンビニを建てる視察の途中だったんですね。昨日の昼過ぎはいったん四階建ての最上階にある部屋に戻ってデジカメから本社にデータを送っておりました。

　以降、いまだに部下のサクラギが見当たらないんです。彼は自分の契約している携帯だと電波が弱いと言ってフロントまで降りていて、それであの大きな揺れにあいまして。私、数時間経って正気に戻ってから、行けるところまでは何度も行きましたが、宿には水の引かない階もあり、その度に捜索を断念しておりました。

しかし、こちらの想像ラジオさんの方で中継放送をしていただければ各種有益な情報もいただけるだろうと思いつきまして、ちょうど今自分の部屋を出たところです。赤黒いカーペットの敷かれた廊下には電灯がついていません。もともと暗い廊下でしたが停電のおかげで真っ暗です。部屋にあった懐中電灯で、私は目の前を照らしています。壁には付近の海岸の油絵がかかっています。静かな海です。

廊下の先が不思議なことにある箇所から傾斜してしばらく下っていて、そこから数歩行くと左手に小さなエレベーターがありますがむろん動かないので、その手前の階段を降ります。ペタペタとスリッパの音が響くのがおわかりでしょうか。床にはまだ水が残っています。

一階分だけ階段を降りますと、踊り場の左にジュラルミンのドアがありまして、鍵はかかっておりませんので開けますと一直線の長い廊下があり、これが建物のどこにつながっているのかわかりません。ただ、先の方を照らすとある箇所からいきなり今度は斜め上に廊下が上がっていて、ところが天井はどこまで行っても元のままなのでだんだん上下が狭くなって見えまして、遠くのどん突きは壁でなく尖って点のようになって見えます。サクラギはこの廊下を逃げたのでしょうか。しかし、どこに向かってでしょう？　左右にひとつの扉もありません。

私はもう一階分、コンクリートの上に赤黒いカーペットを敷いた階段を降りていきます。二階に着きました。通常ならそのまま階段が続くのでしょうが、アークさん、海の宿トーガエンではここから部屋をつないだ廊下を通り、建物の反対側まで歩いて一階に降ります。それは私も最初に宿の中居さんに案内された時におかしな造りだなと思ったものです。そしてその折には、確かに廊下を歩きさえすれば上下どちらにも道は通じていたんです。

今、私は二階の廊下を進んでいます。壁に小さなくりぬきが幾つかあって、そこに昨日までは日本人形が点々と置かれていました。今は何もありません。ないのは人形だけでなく、一階に降りていく階段です。あったものがないんです。あった形跡さえ見当たりません。四階から二階まで来た私は、エレベーターも動かない現在、そこから下へ行く手段を失っています。二階の各部屋はすべて鍵がかかっていて中に入れません。こうして、コンコンと扉を叩いて回っているのですが返事はなく、この宿に私一人しかいないような気がしてきます。

気づけば足元にあの赤黒いカーペットはなく、床は灰色のリノリウムで何本か色分けされた線が並列に先へ先へと伸びています。これではまるで病院の廊下です」

キミヅカさん、聴こえますか?

「はい、聴こえます」

キミヅカさんの奇妙な状況、僕にも見えてくるようです。感情を抑えた冷静な実況のご様子、いたみいります。

で、キミヅカさん、ただ今ですね、別の中継も入ってきましたので、そのまま一階に降りる手段を探してみていただけますか。動きがありましたらすぐにそちらにつなぎますんで。

「了解しました、アークさん。努力します」

よろしくお願いします。さて、もうひとつの中継先は匿名希望の、どうやら女性らしいんですが、電話がつながっているようです。

こんばんは。

「こんばんは。いえ、こんばんはかどうか私にはわからなくてごめんなさい。こちらは深い闇です。冷たい水の底へと私はたぶんゆっくり落ちていきます。あたりは漆黒の広がりです。といっても、私に確かな視界は目の前一センチもありませんから、暗がりは私の顔に貼りついているだけかもしれません。でも、その狭い暗がりの外に無限の暗がりがあるだろうことが、私にはわかっています。

あの、私、こんなレポートでいいのでしょうか」

匿名希望さん。

「はい」

僕に言えるのは、あなたの声がしっかり聴こえているということだけです。それでもよかったら、しばらく続けていただけませんか。

「ありがとう、ＤＪアーク。では中継します。

自分の手足も、揺れて動く長い髪の毛も、破けて体にまとわりつく衣服も、光をひと粒残らず奪われているから私には見ることが出来ません。まさしく想像以外に私の存在を確認するすべもなく、実際には水圧が重くかかっていて口も開けられないし、唸《うな》り声ひとつあげることが出来ないほど衰弱している。ＤＪアーク、あなたは私の声をたくさんの方々に伝えてくれます。あなたに話しかける他、私は私がいると確信することが出来ません。

最初はこんなぬばたまの闇ではなかった。気を失う前までは白く泡立つ大量の光の層があって、泡の中にびっしりと詰まったその光が私を包み込み、もんどりうたせ、私はより明るい方へと必死に手を伸ばしていた。

けれど、私は幾度も意識を失いかけ、どちらかの方向に吸い込まれ、やがて果てなく沈んでいき、光から遠のいて暗闇へと手渡され、鼓膜を圧するぶ厚い無音の壁の向こうから、時々ドンと低く鳴る遠いどこかでの衝突の音波を感じるのみになると、いったん体の細胞がことごとく弾《はじ》けて世界に溶け出したように思いました。今から考えれば、私はその頃にはすっかり想像の世界にいたのだろうと思います。

　こちらはあなたの声以外、なんの音もない世界です。鯨《くじら》が鳴き交わす様子をテレビで何度か見たことがありますが、季節が違うのでしょうか。今は何の鳴き声もしません。私は目を開いているのでしょうか。それとも閉じているのでしょうか。どちらにしても無音の闇です。何も見えない。見えない海は果てなく全方向に伸びてつながっていて、その黒い水の体積の大きさを考えると気も狂わんばかりの恐ろしさに貫かれます。私はたった一人でそこにいます。

　真っ暗な宇宙の中を私は落下し続け、ある地点でゆらゆらと立ちながら止まり、それでも耳をそばだててあなたの、もはやチリチリと指で紙をひっかくようにしか聴こえなくなってきたラジオ放送に集中しているのです。

　私からは以上です」

　ありがとう。ありがとうございます、匿名希望さん。僕が今どんな気持ちでいるかあなたに伝わるといいんですが。

　ではここで一曲、あなたに。マイケル・フランクスで『アバンダンド・ガーデン』、打ち棄《す》てられた庭。

いやはや、生楽器とボーカルがしみる一曲でした。昨日、と一応は認識している日の放送で何回もリピートしたブラジルのアントニオ・カルロス・ジョビン。その死を悼《いた》んで、彼をこの上もなく敬愛していた米国人マイケル・フランクスが急遽《きゅうきょ》制作したアルバムの中の、これはタイトル曲でありました。１９９５年の作品。

さて、曲をはさんで話は変わりますけど、ワタクシＤＪアークは放送直前、雪化粧をしているはずの杉の木の上で考えたんです。これだけお便りも電話もある、早くも人気番組と言っていいはずの放送でも、まったく聴こえない人もきっといるんだろうな、と。

ということで、いきなりですが、『想像ラジオが聴こえないのはこんな人だ』コーナー！

思ったんですけど、この放送がまるで聴こえないとすれば、それは既存の現象のことしか考えにないからで、頭が固い！　あるいはあまりに大きなショックがその人の心から想像力を締め出してしまってるんじゃないかと思うんです。

まあ、すでにこの声がばっちり聴こえてる想像力豊かなリスナー諸君に向かって、なんでこんなことをしゃべってるかと言うと、そういうヘンクツな人のことまで、僕らなら想像出来るんじゃないかと思ったんですね。想像ラジオの送り手である僕と、聴き手である皆さんならばあらゆる想像が可能。

　そして、放送が聴こえていない人たちに僕らは常に語りかけるべきなんです。いつ彼、彼女の耳に僕らの声が届き始めてもいいように。つまり、聴こえるきっかけを作るって言った方がいいかもしれません。実のところ、僕は着々と番組リスナーの拡大を狙ってるわけです、あはは。

　そんな僕が人物像を想像して、頭の中で小説みたいにしてみたのが例えばこんな文章。覚えてるままに朗読します。いいですか？　想像でエコーをかけてお聴き下さい。

「夫の友人から電話でその話を何度も聞いたのだった。私は何年も夫に隠れてその人と外で会っていた。会えない時間もよく電話で短くしゃべった。そして必ず携帯の履歴を消した。

　以来、私は同じような夢を見るようになった。樹上にあおむけになった人がいて、あたりには白い靄《もや》がかかっている。私は一羽の白黒の鳥になってその動かない男のそばにとまっている。ただ、鳥である私に彼の声は聴こえない。遠くで波の音がする」

　ああ、エセ作家のナンチャッテ小説！　お恥ずかしい。まことにお恥ずかしい限りなんですけど、放送が聴こえないでいる人のことをこんな感じでだんだんと作りあげてみちゃおうというわけ。ま、これは木の上の僕ありきで考えちゃってますけど。小説にしっかり自分も出ちゃう的な、あはは。いやDJアークよ、むしろこういうタイプの人だったらよく聴こえているんじゃないか、とかでもいいんです。各種ご意見うれしいです。

てなわけで皆さんからもこのコーナーにどしどしお便りをお寄せいただきたい。僕の想像の続きも遠慮なく書き継いでいって欲しい。たくさんのリスナー諸君がシーンごとにリレーしていってもいい。投稿は小説調じゃなくても当然オーケー。ワンフレーズで表現して下さってけっこう。もう一度叫んでおきますよ。このガナリ声にも頭の中でエコーたっぷりかけて下さいね。まいります。

『想像ラジオが聴こえないのはこんな人だ』コーナーでした！


想ー像ーラジオー。


とまあ、なんというかまことにAMラジオっぽく、やってみたわけですけど、考えてみたらそもそもこの想像ラジオはAMなんですかね？　FMなんですかね？

FMならもう少し気取った話題で英語もそれっぽく発音した方がいいだろうし、AMならAMで僕なんかよりずっと若い人にしゃべり手を譲るべきですよね、正直な話。芸人とかアイドルとか。僕みたいな素性のわからない人間じゃなく。

どっちにしてもワタクシＤＪアーク、バンドの新曲プロモーションでよく通ったもんなんです。懐かしい世界ですよ、ラジオ局。曲をターゲット層に聴いてもらう手段がまだラジオしかなかった時代ですからね。今はネットで動画ごと紹介出来て、その分タダでしか受け入れられない不況の谷、水の流れも途絶えがちな河原を音楽業界の人間は石ころに足を取られながら行軍してるわけですが。

ＡＭ。アンプリチュード・モジュレーションの略。ＦＭはフリーケンシー・モジュレーション。送ってる信号波の変調方式の違いなんですけども、そういう意味で言ったらこの放送はイマジネーティブ変調。ＩＭとでも名付けて特許取った方が利口かもしれません、あはは。

で、そのＩＭ界初のコーナー、『想像ラジオが聴こえないのはこんな人だ』をお送りしたわけですが、ごめんなさい、早くも告白しちゃいますけど、てか本当のことを言わないとリスナーだましてるみたいで気持ち悪いんでぶっちゃけちゃいますと、このコーナーやってて僕の頭にあるのは、結局自分の奥さんのことだけなんです。ほんと、すいません！

あのー、ここから先はしばらく超個人的なしゃべりなんで、聴きたくない方がいましたら、それぞれご自分の好きな曲を数曲続けてどうぞ。その間に僕は語りたいことを語りますよ。語り終わりの合図は番組ジングル。そこでまた全リスナーで合流しましょう。では、スタート。

さて、僕のしゃべりを選択して下さった方々、しつこいようですけどね、彼女からの連絡がないんです。これほどたくさんの人が放送を聴いているのに、なぜ奥さんだけ参加してこないのか。携帯にも一報がない。もし彼女の方が携帯をなくしていたとしても、この想像ラジオならすぐさま話が出来るじゃないですか。

そもそも彼女は想像をしない人間じゃない。むしろ妄想家の部類ですよ。だから聴こえていないのがおかしい。若い頃は彼女、芝居の音響をやってましてね。大学入学したてで入ったサークルで、自分は裏方にむいてるっていきなり直観したらしくて、僕が言うのもなんですが目鼻立ちははっきりしてるんで勧誘した先輩たちには女優やれってしつこく言われたらしいんですけど、思い込んだら一徹の彼女には馬耳東風だったらしく。

それから見様見まねで音響を学んで。僕も付き合いたての頃、一度手伝いを頼まれて作業のプロセスを見たんですけど、あれはほんとに報われない仕事ですよ。まず脚本のト書きに沿って、演出家のイメージ通りの盛り上がる音楽とかしめやかな曲とか、日本にほぼありもしないデカい銃の発射音やら蜂《はち》の群れの飛ぶ音やら抽象的なアタック音とかをひっかき集めてくる。脚本が遅い時なんか、出来て一時間後には仮でいいから何かそれっぽい音が欲しいなんて言われるわけだし。

芝居の稽古《けいこ》がだいぶ進んでくると、稽古場の机の上に簡易的な音響卓を置いて、そこから役者陣の芝居に合わせて音をポンとボタン押して出して、演出家にちょっと音質が違うとかタイミングが違うとか言われて修正を脚本のコピーに書き込んでいく。音楽誰それなんて、チラシに書かれるような人はいいですよ、稽古場でかかると、これいいねーなんて作編曲を誉《ほ》められたりする。けれど音響担当にあまりそんな声はかからない。あ、これでOKです、くらいに言われてうなずかれるだけですよ。

また本番になれば劇場後ろの上の方にある狭い一室にたいていは照明さんと一緒に入って、提灯《ちょうちん》アンコウが顔の前にぶら下げてるような小さな明かりの下で卓の前に座り、相も変わらずあの書き込みだらけの脚本を追い、きっかけで正確に音をポンと出し、音量をフェーダーっていうつまみで調節する。公演ごとに一秒の違いもなく脚本をめくり続け、役者の芝居と照合し続けるあの根気たるや。

しかも、間違えることが彼女たちには絶対に出来ないでしょ。そりゃそうです。役者が相手をグサッとナイフで刺したタイミングで豆腐屋のラッパが鳴ったらどうします？　あはは。舞台はもう成立しない。完全に壊れちゃう。

音楽ライブだとそこまでじゃないんですよ。ベースが構成間違えてサビに行きかけても、キーボードがサンプリングの音色を変えそこなっても、曲が進んでればなんとかごまかせる。でも、芝居で裏方の間違いは致命的ですよ。だから彼女はよく言ってました。役者は間違いが愛嬌《あいきよう》になるけど、あたしたちには廃業につながるって。やっぱうまいなー、うちの奥さん。

地方に興行に行くのだって、商業演劇ならともかく小さな芝居は酷《こく》ですよ。僕がバンド連れて回ってたライブハウスだって、田舎に行ったら音響設備がとんでもない。これじゃベースの低音がまったく出ねえよ、ベースいなくてもいいじゃんなんてことはザラですけど、芝居はさらにつらい。

奥さんいわく、土地の名士の応接間のオーディオ程度のスピーカーしかなかったりするそうで。もちろん比喩ですよ、ほんとに名士の家のってわけじゃなく、その程度の時もあるということで。でも演出家は頭にイメージ出来ちゃってるし、そこそこいい設備で東京公演を観ちゃってるから、リハーサルで音響への要求が厳しくなる。そこ音が小さいなあ、音が多少割れてもいいからフェーダー突いて。なんかもっと迫力あったはずだよね、低音足せない？　とまあ、土地の名士のオーディオ程度では絶対に不可能なことを言う。

けれど音響さんって、ぎりぎりまで不平を言わずに努力するんですよ。音像をコンピュータでいじったりしてベストを尽くす。彼らはそういう人たちです。音楽畑の音響さんにもそういう裏方のプライドみたいなのはあるけど、我慢は圧倒的に芝居の人たちが上だと思うんですね。まったく尊敬する以外ないです。それか呆《あき》れるか、あはは。あと総じて酒が強いね。そんなことないかな、あはは。

　話が長くなっちゃいましたけど、僕の奥さん美里はそういう世界で仲間からも信頼されて仕事を続けてきた人で、だから脚本の一行一行から想像で音を選んで加工して演出家が思いつく以上のタイミングでそれを出せる女性なんですよ。子供が出来て無理にやめてもらっちゃいましたけど。何人かの演出家はじめ演劇界の方々にほんと僕は責められましたよ。それもつまりは、彼女のイマジネーションが豊かだって証拠で。

　正直言えばね、こんな番組どうでもいいんです、あはは。美里さえ連絡してくれたらいい。そしたら僕はもう番組そっちのけで奥さんとしゃべりますよ。どこにいるのか、どこか傷ついてないか、どこで落ち合うか、君がどれだけ必要か、息子を呼び戻して三人で暮らす気はないか、などなど。それから奥さんに今までつけたあだ名をはしから言っていって、彼女が気に入っているものとそうでないものを選り分けて、彼女からも僕にそうしてもらってどれも全部好きだと言いたい。

　ああ、そうです。ノロケですよ。おノロケ大放送。これは僕の番組だから誰にも邪魔はさせませんよ。リスナーががくっと減ったって知ったことか。冗談じゃない。

　そりゃね、こっちのスネにも傷はありますよ。愛妻家みたいなふりで好感度を上げようという放送上の戦略ってわけじゃない。例えば、若い女の子ボーカルをプロデュースするとか言って、ライブの打ち上げで知り合った子を無理やり誰かのバンドに入れて、事務所の高瀬さんには絶対売れますとか強気の発言して安い予算を確保して、女の子には絶対に南アジアの音楽を聴くべきだとか吹き込んでバックパッカーに仕立て上げて、現地の町で作った君の歌を録音しようなんて言ってその子だけ海外に連れ出して。つまり右も左もわからないロック憧れギャルをだますわけですよ。いや向こうもある程度は計算ずくだったんじゃないかと今は思えるんだけど、ともかくそういうパターンを馬鹿のひとつ覚えみたいに何回か繰り返してた時代もありました。

あの頃、ほとんど奥さんには見放されてたな。実際、美里は芝居の音響の世界に戻りかけてたし。一番ワリを食ったのが息子の草助でしたね。まだ小さいのに父親は家に帰ってこないし、母親も実家に息子預けて仕事してるし。なんか夢でも見てたみたいな過去で、その数年を考えると頭がぼんやりしてくる。逃避ですかね、あはは。そうやってだらだらっと遊びほうけるところとか、考えてみると自分のじいさんに似てていやになる。

しかも、そのままおとなしくなったわけでもなく、業界内でちょこちょことアバンチュールはありましたよ。この町に越してくるにあたって、そのへんの人との別離もありました。あ、奥さん、これ聴いてたらどうしよう。ていうか聴いてて欲しいのに、僕は何言ってるんだろう。だけど、都合いいかもしれないけど、それでも新しい生活を僕は決めていたんです。いい年して別の人生を作ってもいいんじゃないか、その欲の強さが自分らしくもありはしないか、それには奥さんの力を十二分に借りるしかないとある種甘えてもいました。

だから、僕は自分の借りたマンションが土台以外すっかりなくなっているかもしれないなんて信じたくない。後半生を過ごすつもりで来た町がことごとく破壊されて、いまだに塩辛い水に浸《つ》かっているなんてわけがわからないし、それがどうやら広範囲に及んでいてたくさんのリスナーが絶望していることを認めたくない。

これは誰かの呪いですか？　だったら俺はそいつを呪い返してやりたい。相手は神様ですか？　神様だとしても俺は勝手なことやってんじゃねえと首を絞め、鼻や口から粘液が出るほど揺すって助けてくれ助けてくれともがいて泣きながらみっともない悲鳴をあげるほど神を天に突き上げて、誰の目からも敬意が消えるくらいに手足をばたばたさせるそいつを息絶えない程度に苦しめ膝で腹を蹴りながら山の頂上へ上がっていき、そこから町を見せてお前になんの権限があってこんなことをしたんだと近くに落ちてる鉄筋のねじれた切れ端を神の下腹から内臓へと突き入れて、相手が痛みに体を折る拍子に前歯に頭突きをくらわせて血を噴き出させ歯を何本も口から吐かせ、鉄筋のねじれた切れ端をぎりぎり回して答えろなんの権限だよと言い、そのまま樹木に針金で奴をぐるぐる巻きにしてはりつけ、ついでに石で奴の両足首を丹念に潰して逃げられないようにし、さあ自分のしたことをこれから絶えず見ていろといって瞼《まぶた》をひきちぎって宙に投げて鳥にやり、いつまでも俺はそいつの剝《む》き出しになった眼球、自分がしたことが映り込んでいるはずの半ば乾いて皺《しわ》が寄ったその器官をにらみつけてやりたい。もしリスナー諸君が報告してくれていることが本当に起こっていたならば、です。そして僕がこの木のてっぺんから降りることが出来るならば、です。

あれ？　もしかして僕の奥さんは僕に同じような怒りを感じていたわけじゃないですよね。僕の身勝手さにさすがに耐えきれなくなって、それであの時ガチャッと音をさせてマンションを出ていったきり今も連絡しないつもりだったらどうしよう、と今僕は神にイチャモンをつけてる途中から思い始めましたよ。

つまり奥さんは、冬助お前は勝手なことやってんじゃねえと首を絞め、鼻や口から粘液が出るほど揺すって助けてくれ助けてくれともがいて泣きながらみっともない悲鳴をあげるほど僕を天に突き上げたりしたかったんじゃないか。責められるべきは、まったくもって僕だったと言われればその通りで。

「冬助」

え？

「ほれ、冬よ」

はい。

「おらだ、父ちゃんだつうの」

あ。

「洗礼名にパピプペポのついた浩一だぞ」

兄貴も。

「おめえがべらべら家のごどしゃべっから、オヤジも肩身せまぐなっぺしよ」

ああ、ごめん。また来てくれたのか。だけど、ついつい口をすべらせちゃうのがこの番組の人気の秘訣《ひけつ》らしいから。あはは。

「冗談はもういいがらよ。浩一も言ってっけどよ、ラジオなんがやめろ、冬。木の上であおむげになってなんかいねで降りでこ。おめえの顔がどんな風だがも、下のおらだぢには見えねえんだぞ。ほれ、俺ど浩一ど三人で家さ帰っぺ」

うん、そうしたい気持ちもほんとにやまやまだよ。俺だって父ちゃんと兄貴の姿が見たい。声が下の方から聴こえてるだけってのは不安というか寂しいというか、幻覚みたいでリアルじゃない。

「冬、空ばっがり見でるおめえにはわがんねべげんちょ、この杉の木の根元さ、蛇巻いでっつぉ。浩一がさっき見っけだんだ。こないだ来た時ゃ泥だらげの根っこだどばっがり思ってだ。気味悪くて近づげねえ。蛇は木さ二重も三重もぎっぢり巻ぎづいで、ほんで死んでんだぞ」

「冬助、縁起でもねえごどだべ。死んだ蛇が巻ぎづいた杉の木の上で、おめえはじっと動がねえ。鳥が一羽、おめえを見でる。ほだらおがしなごどで何がラジオだ。DJだ」

でも、まだ美里が見つからないんだよ。連絡を呼びかけてる最中なんだ。父ちゃんたちにはわかんないだろうけど、この放送、リスナーの数が半端じゃない。たぶん何万人って単位で聴かれてるよ。ま、その数もリスナーからのメール読んで知ったんだけど、一秒ごとに増えていってるだろうって。いまや俺の放送がたくさんの人のつながるほとんど唯一の場になってるんだってよ。だから俺にも責任ってもんがあるし、第一この番組以上に強力な美里との連絡手段はないんだ。

「ほんでも冬助、兄ちゃんたちだっていづまでもここには来ねえぞ。甘えんなよ」

兄ちゃんたち、気づいてないみたいだけど、これ全部放送されてるからね。

「ん?」

父ちゃんと兄貴と俺の会話はそのまま想像ラジオで流れていて、聴かれてるんだよ。

「馬鹿《ばが》、冬助、切れ」

もう遅いよ。今から会話が切れたらむしろみっともないよ。もめるの、明らかなんだから。だから二人ともあきらめて、もうちょっとだけ好きにさせてくれって。芥川冬助は今、なんの因果かＤＪアークとして一世一代の生放送中なんだよ。

「何がＤＪアークだ。冬、いい加減聞き分けのいい人間になれ」

父ちゃん、俺はもう大人なんだよ。三十八の男にそのセリフはねえべ。

「三十八の大人だがらこそよ、ＤＪアークっちゅう話はねえべってオヤジは言ってんだ」

「もういい。まだ来る」

「おめえを見捨てるわげにいがねえって、オヤジ、足すっかり悪いのに道もねえ中をのろのろ歩いて来てるんだ。冬助、それ忘れんなよ。次来た時は黙って木降りろ」

わかった。来てくれてありがとう、父ちゃん、兄貴。

あ、兄貴。出来たら蛇、はがしてってくれないかな？

「馬鹿たれ」

想ー像ーラジオー。

ジングルが鳴り終わって、すべてのリスナーが合流する時間が来ました。

いかがでしたか、音楽を聴いていた皆さん、心やすらぐ選曲が出来たでしょうか?

一方、僕の私生活にちょこっと入り込んだ皆さんは不意のゲストにおたおたする姿を楽しんでいただけたかと思います。なんだ、そっち聴きたかったよって人はすぐにプレイバック出来ますから、さっきの放送の分岐点まで想像でお戻り下さい。

さて、ここで最新のお手紙です。お手紙って言っていいのかな。メッセージって言うべきか。ともかく僕が仰ぎ見てる白い闇に文字が揺れてて、同時に書いた人の声も響いてくる。僕はその他人の声をなぞって自分の声を出すんです。それがいまや僕の言ってるメールであり、お便りなんですね。

というわけで想像ラジオ、これは今までお便りいただいた中で最年長のリスナー、八十二歳の大場ミヨさんから。つつしんで読ませていただきます。

「ＤＪアークさん、あなたの放送を何度も繰り返して聴いています。わたくしはずいぶん年寄りでもともと体も弱く、主人ともども寝て暮らしているようなありさまでしたのに、いまや右腕も折り、主人は体力を奪われて過酷な寒さにも襲われ、互いに衰弱も激しくただただ二人で部屋の隅に背中をつけて半ば横たわったままあなたの番組を聴いては、ご苦労なさっている方々が他にもたくさんいらっしゃる、とすがるような思いでおります」

恐縮です。心中お察しします。

「腕が使えないので失礼ながら手紙も書けず、携帯電話は息子夫婦に持たされていますがしょっちゅう充電が切れておりますし、そもそもメールを自分からしたことがなく、ですからあなたに言葉を届かせようと一心に祈るような気持ちです。そして今、わたくしが頭の中で書いた言葉がそちらに届いているように感じます。主人もそれがわかると言っており、二人で抱き合うようにしています。ありがたいことです。

実は主人があなたに伝えたい、伝えたいと何度も繰り返し言っていることがあるので代わりますが、だいぶ弱々しい声になるかと存じますこと、あらかじめお許し下さい」

「大場キイチと…申します」

DJアークです。キイチさん、どうぞ気楽にお書き下さい。

「魂魄《こんぱく》この世にとどまりて…という言葉が私の脳裏に去来しております。あなたの奥方もお好きな様子の、古典芸能によく出てくる…言葉です。思い残すことがあって、魂魄があの世へ向かえない。アークさん、我々は皆、この状態です。あなたもそうだ。全国で昨日、あるいは今日そうなった者たちがこのラジオを聴いている」

……。

「歌舞伎やらで魂魄この世にとどまりてと来たら、たいていは恨みはらさでおくべきか…

と続くんじゃないでしょうか。私もまさにそんな思いでいます。地が強く揺れたあと、大きな黒い波が…海岸から信じられないほど何キロも先の内陸まで来た。私がいる家もぐるぐると回され…どこへ着いたものか知れません。私は同じように流された知人の家から赤いランドセルが飛び出して行ったのを忘れることが出来ない。そして水はどこで止まったか。海岸に平行に走る道路から分かれて…直角に山へと向かう…堤防のような細い一本道の脇でぴたりと止まったのです。旧道です」

旧道で、ぴたりと？

「はい…戦前はこの旧道で、獲れた海産物やら伐り出した木材やらを運んで…いたようです。山の道です。私は若い頃に関東からこの地に移り住んで、叔父の田畑を継ぎながら郷土史を…研究しましたので、よく知っております。しかしながら戦後の開発は急ピッチで進みました。旧道など…うねうねしているし狭い。だから海岸沿いの土地を一本の線のように買い占めていって…広い道路を通した。旧道は廃《すた》れた。おかげで私たちの生活は豊かになった…のです。しかし…」

はい。

「そこまで波が来ることを昔の人は…知っていたのじゃないかと私は今つらつら思っております。土地を削って低くし、海に近い道沿いに家々を建てればそれは…いつか流される。

そう知っていなければ、なぜ旧道のほんの少しの高さで水が…ぴたりと止まったのか。そして私たち村落の人間の多くは、戦後の農地改革で旧道よりも海に近い側の土地に…移されたのです。

アークさん、赤いランドセルの持ち主も元はよそ者の私もここで生まれ育った女房も、魂魄この世にとどまりて、と…そう言っておるのです。豊かさは何より必要だったと年寄りの私こそ切実に知っておりますが…しかしそれは日本中どこでも起こったことで、なぜ私たちだけがこんなに悔やまなければならないのか…せんないことですが、いまさらに言いたい…あそこで水が止まるならば、なぜ」

キイチさんの訴え、今きちんと放送されています。そして放送は永遠に記録されて、何度も何度も聴かれます。たぶん。いや、必ずです。それを信じて、キイチさん、存分にお便りして下さい。

「アークさん、あなただって恨みはらさでおくべきかと言っていい。物わかりよくあの世に行く必要なんてないのです。いや、だからあなたはこうして杉の木の上にいるのでしょうな。古来、魂はふわふわと樹木の上あたりまで…ただようものと聞いております。魄は地を這う。蛇が根元に巻きついておるのもむべなるかなであります。世を去ったのは人間だけではないのですから。そして、仏教が訪れてなお…日本人の感じ方…では、亡くなった者の魂は遠い浄土にばかりは行かなかった。それこそ樹木や岩と同化して…、生きている人間を近くから見守りもした。それでいいのであります。あの世はすぐそこにある。ただ、その場合には亡くなった人間はいわばカミホトケとなって…いる。さて、あなたは認めているようで…認めておられないけれども、元来この想像ラジオという果敢な番組…自体、基本的にこの世を去った…方々にだけ聴こえ、参加出来るマスコミであって…それを届けるあなたもまた同様であることを引き受けていただきたい。あなた自身、半ばあの世の…魂なのです」

はい、皆さんからの励まし、お叱りにもお前は自分の立場をわかっているのかという指摘がたくさんあります。だけど、じゃあなんでこの世にいない僕が君らとやりとり出来てるんだよとか、本来口もきけないし音も聴けないはずじゃないかとか、自分なりにそれこそ頭が固く抵抗してる部分があって、確かに事実なんだろうことを認めずにふらふらごまかして番組を進行しています。いや、いました。

でもキイチさんの今の言葉は僕の目を覚ましました。いや、亡くなったんだから逆に眠りましたって言った方がいいのかな。ともかく僕は自分がどちら側にいるか、肝に銘じます。僕はリスナーと同じ側にいて、彼らのために放送します。それが軟弱な番組だとしても。いやはや。

「けれども、私はそれを第一に言いたくて…手紙を書いているのじゃなく、アークさん、もっと重要なのはあなたの奥さんに連絡が取れないのは喜ぶべき…ことだと言いたかったのです」

え、どういうことですか？

「ああ………」

「主人はもう疲れました。寝かせてやってください。ＤＪアークさん」

あ、はい。でも今のひと言は、一体……？

「続きを代わってお便りします。もう皆さん、ご理解なさっていると思います。あなたの奥さんはわたくしたちの側にはいらっしゃらない。だから連絡が途絶えているのです。それがせめてもの救いだ、とわたくしどもはこの部屋の中で言い交わしておりますよ、ＤＪアークさん」

僕の奥さんが……僕らの側にいない？

ということは……。

想ー像ーラジオー。

無事なんだ。美里は無事だったんだ。よかった。ほんとうによかった。だから想像ラジオが聴こえない。言われてみれば確かにそうですよ。つまり、便りのないのは良い知らせってやつなんだ。今頃どこにいるんだろう。怪我はないんでしょうか。無事だって聞いただけで砂漠に泉が湧き出るみたいに喜びが次から次へとあふれ出てきます。

一方でリスナーの皆さんには、お力落としの中で耳を傾け続けていただき、まことにありがとうございます。美里とは違って自分が無事ではないことを、僕は半分以上知っていながらごまかしてました。自分が忘れていること、あおむけになっているから見ずにいる現実をくわしくリスナー諸君に知らされていたのに、それはそれとしてと僕は別の夢の話みたいな扱いにしてしゃべっていた。自分自身のこと、故郷のこと、受け入れきれなかったんです。本当にあいすいません。

不思議なもので、今僕には逆に力がみなぎってきています。なぜなら全国の、この世にとどまっている魂魄に向けて最高の放送をぶちかます義務があるから。さっき訪ねてきた父に思わず言ったように、僕はやっぱりマジで一世一代の生放送中……。

父ちゃんたち……。

ああ、そうか……そうだったのか。

ええと、リスナーの皆さんには一曲聴いてもらっていていいですか？　少々僕にも気持ちの整理が必要なようです。

あの、そうですね、ここでイギリスの若い女性歌手コリーヌ・ベイリー・レイのしっとりとした声をお送りします。彼女、デビューアルバムが世界的に成功したあと、夫の突然の死があってしばらく音楽から離れるんですよね。しばらくして出来上がったアルバムが2010年の『The Sea』。おじいさんが海難事故で亡くなったのを、彼女の叔母が岸辺から見ているしかなかったという事実をモチーフにした表題曲をどうぞ。邦題は『あの日の海』。

「もしもし」

あ、あ、はい？

「もしもーし」

はい、DJアークです。

「あ、曲をかけるタイミングで割り込みましてまことに申し訳ありません。ましてアークさんにも色々あったご様子、ラジオで聴いておりました。こちらキミヅカタケオ、海の宿から生中継をさせていただいた者です」

ああ、キミヅカさん。あ……キミヅカさんもそうだったんですね。

「はい？」

いや、なんでもありません。で、どうしました？　下に行く階段は見つかりましたか？

「ええ、階段というかなんというか、ともかくご報告と実況をさせてください。長くはかかりませんので」

わかりました。トーガエンにいるキミヅカさんの生中継に切り替えます。キミヅカさん。

「はい、先ほどリポートしました廊下、病院の床のようになっていた場所をですね、私、青色の矢印通りに進んでみたんです。廊下には窓も通風口もなく、キーンと高い金属音がするのみで、アークさん、私はあなたの放送を心の支えにして探索を続行いたしました」

それは何よりです。心の支えにしちゃ情けないしゃべりも多くて恥じ入るのみです。

「いえいえ、アークさんがどんな時にもしゃべり続けてくれていることが功を奏するんですよ。ともかく順を追って話しますと、青色の矢印が一直線に塗られた廊下には、じきに左に折れる角があってそちらへしばらく進むとまた左に折れての繰り返しで、その間隔が次第に狭まっていくんですね。やがて私はぐるぐると左旋回している形になっていて、下へ下へと螺旋《らせん》階段を降りて行っている感じで、確かに足元にはわずかな傾斜がついているんです。

周囲の壁に懐中電灯の光が届かなくなっていました。つまり壁がない、と言うべきでしょうか。光が真っ暗闇に吸い込まれて消えていってしまうんです。唯一うっすらと照らせるのは私一人が通れるほどの狭さのリノリウムの床と、その中央を通る青い矢印だけです。私は大きなスクリューの溝に沿って地の底へくだっているように感じました。

　途中で何度も時間の感覚を失いました。ラジオからの声にも上の空になり、自分がサクラギを見つけに闇の底へ降りつつあることも忘れかけました。

　そしてある瞬間、足の下の方からもアークさん、あなたの声がしているのがわかったんです。小さな音量です。遠くからです。でも確かに自分の耳元で鳴っているのとまったく同じ声です。私はその声に導かれてさらに素早く体を左旋回させました。支柱が一本立っているのを左手でつかみ、私はくるくると永遠めいた時間の中を沈んでゆき、すぐ下にもうひとつのラジオが鳴っている場所まで来ると、ちょうどそこが螺旋階段の終わりで青色の矢印がイカリのようにさらに真下の闇を指していました。

　私は支柱の最も下を握ってその場にうずくまり、深い闇に右手を降ろしました。アークさん、あなたの声がかすかにする方にです。すると、ゆらゆら揺れる冷たい手に触れた。私は迷わずそれを握りました。誰かの左手でした。おそろしいとはまったく思わなかった。なぜなら相手は我々の放送のリスナーだからです。姿は一切見えません。闇の奥です。懐中電灯があの青い矢印をぼんやり照らしているだけです。

　私は今も狭い踊り場でうずくまり、その人がこれ以上沈んでいってしまわないよう、じっと手を握っています。残念ながらサクラギではありませんが、こうしているとまるで私こそが沈みつつあり、つないだ手で救いを与えてもらっているような気にもなります」

「ＤＪアーク、ここで私からも中継します」

はい。あなたの声ですね。そうだと思っていました。やっぱりあなただ。

「ええ。キミヅカさんを届けてくれてありがとう。彼と手をつないでいるのは、黒い水の奥にたった一人でいた匿名希望の私です。お互いの指先が冷たくて笑い出してしまいそう」

あははは。僕までくすぐったくなってきました。

では、本当にここで音楽を。

コリーヌ・ベイリー・レイで『あの日の海』。

想像して下さい。

第四章

「結局、いまだに僕にはなにひとつ聴こえないんだよ」

「大丈夫。わたしにもまったく聴こえないから。ま、大丈夫って言うのも変だけど、とにかく気を楽にして」

「どんな番組か想像もつかない」

「番組かどうかすらわからない、でしょ？」

「そうだね。もともとは樹上の人が何か訴えてるに違いないと思っただけだったから」

「でも、コー君だっけ？　ほら、夕方のメールで教えてくれた、その伊達メガネの」

「そう、コー君は昨日の夜、聴いたんだ。ラジオみたいだって言ってた」

「にしても長いメールだったなあ。福島から戻ったの今朝でしょう？」

「午前中だね。家に着いたけど眠れなくて、君に報告しようと思って書き始めたら止まらなくなっちゃって。そのまま午後二時ぐらいまでかかって、ようやく仮眠した」

「わたし、思わず笑っちゃった。ちょっとした長さの短編になってるんだもん」

「ああいう形でしか言えない気がしたんだよ」

「そんなに早くあれだけの分量が書けるなら、あなたは今までにもっとたくさん書いててよかったのに、と思ったな」

「あはは。まったく」

「別に責めてるわけじゃなくてね」

「うん、わかってる」

「で、そのあとはどうだったの？」

「ええと、仮眠から起きて、だるかったから熱いシャワーを浴びて」

「違う違う。みんなと車の中にいた時のこと。同じ曲が続けて聴こえてるってコー君が言ったあとは？」

「ああ、そっちか。ずいぶんあとになって、朝方かな。インターチェンジに着いて休憩してる時なんだけど、コー君がラジオのつまみをしきりに左右に回し始めて」

「周波数を探して？」

「そう。そうなんだけど、スイッチは切ったままでそうするんだよ。そして、ナオ君ってほらボランティアの」

「リーダーね。彼の意見にはすごく感銘を受けたな。自分の考えと同じかは別として」

「そのナオ君たちが外で煙草を吸ってる間なんだよ。何か聴こえてることを彼に悪いと思ってるらしくて」

「まあね。ナオ君にとっては全面否定みたいになっちゃったからね」

「泣き叫んでるような声がするって言うんだ」

「コー君が？」

「そう、ぶつぶつ言う雑音の向こうで、様子の違う声がするって。何度も耳の中に指を入れて振ってたよ。自分は頭がおかしくなったんじゃないかって言って」

「実際、おかしくなったのかもしれないし」

「ひどいね」

「いや、その可能性は十二分にあるでしょ。切ってあるラジオから音がするなんて。コー君には悪いけど、その手の神経的な病いでは典型的な症例なんだから。いわゆる電波系」

「まあ、そうだけど」

「そして、同じ声を聴こうとしてるあなただって完全にノイローゼ」

「確かに」

「それでコー君はどうしたの？」

「煙草組のナオ君たちと、長いことトイレに入ってたガメさんが帰ってきて、それ以降は何も言わなかった。車を走らせてから何回か、コー君とはルームミラー越しに目があった」

「彼に聴こえてる声があることは、あなたしか知らないんだもんね」

「そう、様子からすると、たぶんしばらくその泣き声みたいなものが聴こえ続けてたんじゃないかと思う」

「ちょっとした怪談ね」

「うん、まあ」

「でもどうしてそこまで書かなかったの?」

「メールに?」

「そうそう」

「書いたけど消した」

「なんで?」

「たぶん怪談みたいに受け取られると思って」

「うふふ。あなたの読みは当たってたわけね」

「……こ…僕」

「え？」

「……もし……」

「もしもし？」

「もし…もしもし」

「あ、聴こえた。これ、わたしの方の電波かな」

「うん、ジージー言ってたよ。僕の耳がおかしいのかと思って、持ち替えたけどやっぱりジージー言ってた」

「この頃、なんか電波の調子悪いんだよね。やっぱり近くに高層マンションが建ったからかなあ」

「いや、近頃はそういう対策はきちんとしてると思うよ」

「じゃあ電話本体なの？」

「それはないと思うな。電波が弱いんだけどって、携帯会社に言えばアンテナ強化してくれるよ」

「そうか。ちょっと面倒だね。あ、まあそれはまた考えるとして、今何を言ってたの？」

「ああ、僕か。僕が言おうとしてたのは、僕がこの世を去ったとして、僕はどんなラジオを放送するんだろうかって質問」

「しないでしょ」

「え、即答？　で、否定？」

「亡くなった人は通常、そんなことをしない」

「じゃあ質問を変えるよ。僕がこの世を去ったとして、君は僕にどんなラジオを放送して欲しいだろうか？」

「まず、あなたにこの世を去って欲しくない」

「いやまあ、そうだろうけど」

「そして、やっぱりラジオなんて放送して欲しくない。安らかに眠って欲しい」

「確かにね。でもそれが君に向けてだったらどうする？　君にだけ言いたいことが山ほど残っていて、生きているうちに言いきれなかったとしたら」

「それ、放送かな？　夢枕に立つとかじゃなくて？　というか、夢には出てきて欲しいだろうと思う。毎日。いや毎日はちょっときついかな」

「あはは、きつい？」

「うん、わたしも立ち直っていかなくちゃならないでしょ。夢で会えたら、そっちの方が生活の中心になっちゃうから」

「それはもちろん一生ってことじゃないよ。数日、あるいは数週間。とか一年に一度か……数年」

「冗談冗談。いや冗談っていうか、ほんとは毎日聴きたいよ。立ち直れなくてもいいとわたしは思うに違いないから。ただ、あなたはわたしに向けて放送するって言ったけど、むしろあなたが普段通りにしているところをわたしは聴きたいだろうと思う」

「盗み聴きみたいなこと?」

「うーん、ていうか例えば国営放送の深夜番組みたいな落ち着いた調子で、そうだな、色んな専門家を招いて話を聞いているあなたとか」

「ああ、僕の普段への興味で?」

「そう。あ、モグラのことそんなに好きだったんだとか、ザグレブ市に行ってみたかったなんて知らなかったなあとか」

「ザグレブ市? それ、どこだっけ?」

「クロアチアの首都」

「そんな場所に僕が行きたいって話したことある?」

「ないない。今日たまたまネットの中で国際ニュースをたどってたら、不思議な書き込みを見つけたんで言っただけ」

「なんだ、そうか」

「あなたの話と、その書き込みがどこかで関係あるような気がするから、つい例に出しちゃったんだと思う。東欧を転々としてる日本人のブログなんだけど」

「そういうのまで読むんだね」

「うん。わたし、知らない人のブログけっこう好きなんだよね。あのさ、クロアチアって内戦がひどかったでしょ。まずユーゴスラビアから独立するのに衝突があって。セルビア人からの激しい民族浄化とその仕返しでたくさんの人が亡くなった」

「そうだったね」

「そのザグレブの中心部にある政府の施設の庭に糸杉の木があって、今年の夏、その木の上に夜ごとたくさんの人の青い魂があらわれるって噂をそのブログの主は聞いたって言うの。小さな安酒場で。糸杉は死者の象徴だから、クロアチア人は自分たちが命を奪ったセルビア人の魂じゃないかと内心脅《おび》えていると思うって、その人は書いてるの。そして、何が一番彼らを不安にしてるかって言うと、セルビア人の恨み言を自分たちは聴き取れないと彼らが感じているからで、理解出来ないものは恐ろしいし、それがじっと自分たちを見つめていることは耐えがたいはずだ、と。同じようにセルビア人もそうじゃないかって」

「そんなに言葉が違うんだっけ？　ユーゴスラビア時代は一緒に暮らしてたのに？」

「それが違わないんだって。ほとんど同じ。だからこそ興味深いってブログには書いてあって、わたしはなるほどなあと思ったのね。つまり、お互いに自分たちが流浪の境地に追いやった相手の言葉に耳が追いつかないと感じるっていうか、受け止めきれない。相手の気持ちを理解しきれないと思う罪の意識があるからこそ、その言葉に耳をふさいでしまうんじゃないかっていうようなことが書いてあって」

「そうか、なるほど」

「もちろん内戦と災害では話がまるで別だけど、樹上の人って意味でも、その魂の語ることを受け止めきれないでいるって意味でも、わたしはその内容を早くあなたに話したいなと思った。つまり、ザグレブにもあなたがいるって。それが妙な例を出す形で先走っちゃったみたいなんだけど」

「ありがとう。言われてみれば確かに僕はどこかで加害者の意識を持ってる。なんでだろうね？　しかもそれは被災地の人も、遠く離れた土地の人も同じだと思うんだよ。みんなどこかで多かれ少なかれ加害者みたいな罪の意識を持ってる。生き残っている側は。だから樹上の人の言葉を、少なくとも僕は受け止めきれないのかもしれない。うん、今日初めてネットサーフィンも無駄じゃないと思ったな」

「バカにしてる？」

「いやいや、そんなことないよ。で、話題を戻すけど」

「話題ってなんだっけ？」

「だから、僕がザグレブ市の話とかしてるラジオのこと」

「あはは。またラジオの話？　あなたのそのこだわりは凄まじいなあ。ひとつのイメージにひたすら執着してる」

「そうなんだよ。自分でもわかってる。わかってるけど、やめられない。いや、やめるつもりもない。僕は死者からの声にこだわりたい。だってそもそも……」

「わかったわかった。じゃああなたのテーマに戻る前に、もうひとつだけ。実は同じような人がいてね」

「僕と？」

「うん。まあ同じっていうか、わたしにとってはってことだから、あなたには反発があるかもしれないんだけど。今、妹の義理の父が入退院を繰り返してるのね。七十代後半の元気な人だったんだけど、去年の夏、千葉のうちの庭で倒れて救急車で総合病院に運ばれて、そこから精密検査をしたんだけど脳にも心臓にも異常がないんだって。しいて言えばミネラル不足。まあ、熱中症ってことね」

「熱中症だって老人には危険だからね」

「もちろんそうなんだけど、何ヶ月も入院するようなことじゃないでしょ。それがその人は以来ずっと朝から晩まで不調を訴えて、排便が以前と違って毎日すっきりしないし、おなかも張る、食欲がなくなった、足がふらつくって一日中不安がって、何度も精密検査を要求してそのたんびにまったく問題はなくて」

「妹さんが面倒みてるの？」

「ううん、義理のお母さんもご健在だから、主にお義母さんが病院に詰めてるんだけど、もちろんそっちもご老体なんで、妹は心配してよくお見舞いに行ってるらしいの。すでに三つ目の病院なんだけどね」

「転々と？」

「そう、入院には期限があるから出されちゃうし、そもそも体には問題がないわけだから、しだいに担当医たちにも迷惑がられるパターンの繰り返しで。病院を替えては入院する。検査を続ける。そういう日々」

「お義母さんが大変だよね。それ」

「そう。しかも、最初の病院で何度か検査された時、お義母さんは脳検査のあとで回された心療内科で耳打ちされたそうなの。何かに気持ちが固着してしまっていて不安がとりのぞけなくなっています。自殺のおそれもありますから、よく気をつけてみてあげて下さいって」

「え？　あ、ああ老人性鬱病とか？」

「その病名では診断されてなかったらしいんだけど、確かに妹のお義父さんはあの日以来ぴたっとお酒を飲まなくなったんだって言うの。そりゃもう無類のお酒好きで陽気で人付き合いの多かった人が、一滴も飲む気がしないと言い出して、朝から晩まで津波の報道映像を見続けて、あまり食べなくなり、人が来ても会わず、そのうちに倒れて入院し、退院し、また入院しってことになって」

「ショックだったんだね。僕だって気持ちがきつくて何度もテレビを消したから。それを何日もずっと見続けていたら、心の傷が固着してもおかしくない」

「心療内科の担当医は、とにかく頑張れと言わないでやってくれって」

「それは完全に鬱病の人への心得だね」

「頑張れ、頑張ろうって言われるたびに、現状との差に絶望する。だから今をじっと耐えているお義父さんを無言で敬ってあげてくれって。若い医者はそう言ってたらしい」

「無言で敬う……そうか」

「でもお義母さんにしてみれば、自殺しちゃうかもしれないお義父さんをただ無言で見守っていられないでしょ。言葉にして励ますなっていうのも、それは無理な話で。つまり今度はお義母さんの心の問題になるわけで」

「そこにも被災者がいる」

「計画停電の区域にも入っていたらしくて、テレビが消えた真っ暗な部屋にお義父さんはお義母さんと二人っきりでいて、耳にラジオのイヤホン詰めてじっとしていたんだって。それ妹に聞いて、わたし、なんだかかわいそうで」

「ラジオのイヤホン？」

「あ、そうそう。そうなの。あなたが興味を持つはずの話を、すっかり忘れてた。妹のお義父さんはね、あの日の午後から今までずっと右耳にイヤホンを入れてるんだって。それこそテレビを見る時もラジオを聴いてる」

「当時は情報が錯綜《さくそう》してたからね。お年寄りはネットもしないだろうから、当然そうなるのかもしれない」

「だけど、報道も落ち着いて緊急放送がなくなってからも、イヤホンを耳に詰めて暮らしてるの、ちょっと変じゃない？　お見舞いに誰か来てくれてもそうだし、一番気にしてる検査結果を担当医から聞く時にも外さないいんだって言うの。さすがに妹やお義母さんが失礼だからって注意するとしぶしぶ取るらしくて」

「外界から自分を遮断してるつもりなのかな」

「だいたい、そんなに一日中ずっと夢中になれる番組があるのかなって、わたし妹に電話で言ったの。ラジオって今そんなに面白いのって。そしたら、妹もお義父さんに何を聴いてるのか質問したことがあるんだって。何度か」

「それ、知りたいね。僕らが気づいてない大ヒット番組」

「だけど、たいていは教えてくれない。適当に言葉を濁《にご》してイヤホンを耳の奥に入れ直すだけってことが多いそうなの。それどころか、スイッチが入ってないことがある、と妹は言い出して。赤いランプがついてないラジオのイヤホンに、お義父さんは夢中になっているることがあるらしいのね」

「……音がしていないラジオを」

「そう」

「彼は聴いてるってこと？」

「そうなるね。わたしも今話してみるまで気づいてなかった。言ってみてびっくりした」

「たぶん何も聴こえてないのに」

「え？　あのコー君にも聴こえてた番組が鳴ってるんじゃなくて？」

「さあどうだろう。それにしちゃお義父さんは内にこもって苦しそうじゃないかな。そもそも君だって、その姿が僕に似てるって言いたかったはずで」

「まあ、それは実際そうね」

「むしろ僕は彼もまた、死者の声を聴こうとして、そのことばっかり考えているんじゃないかと思った。で、聴こえないでいる。実際に聴こえてくるのは陽気さを装った言葉ばっかりだよ。テレビからもラジオからも新聞からも、街の中からも。死者を弔って遠ざけてそれを猛スピードで忘れようとしているし、そのやりかたが社会を前進させる唯一の道みたいになってる」

「お義父さんはその流れにイヤホンひとつで抵抗してるってこと？」

「少なくとも集中して耳をふさいでるように思う。外界からも、自分の中にある罪の意識からも」

「あるいは左耳で生きてる人の声を聴いて、右耳で亡くなった人の声を待ってるのかも」

「ああ、そうかもしれない。なんだかいきなり聖者みたいに扱ってるけど」

「うふふ。一度会ったことあるけど、ただの人のいい気さくなおじいさんだったな。とても聖人とは思えない。でも、今の話はお義父さんの病気の本質を医者よりもぴたりと言い当ててる気がする。とにかく心がしんどそうだって妹がしきりに言ってた。それでわたしはあなたのことを考えたわけで」

「僕も似た感じにしんどそうってこと？」

「かな。でも、今だから打ち明けちゃうけど、それはわたしだってある程度は同じなんだよ。あなたから樹上の人の話を聞いて以来、しょっちゅうひとつの夢を見続けてるの」

「え？　知らなかった」

「言わなかったからね」

「なんで言わないんだよ」

「ある一人の亡くなった人の声にこだわってる生活なんか、早く捨てて欲しいから。まさかわたしまでそうなってるなんて言い出したら、あなたは余計に勢いづく」

「そりゃ勢いづくよ。どんな夢なの？」

「うーん、言っちゃって失敗だったかな。あのね、杉の木の上に男があおむけに横たわっていて、その横に白黒の鳥がいる夢。わたしは鳥でその人の近くで耳を澄ましている。でも、実際は顔も体も雪に覆われて見えないし、何も聴こえない。いい？　何も聴こえないの」

「何も聴こえなくても、少なくとも君にはそんなにはっきり見えてる。うらやましいよ」

「まったく動かない絵みたいな夢でも？　何か知りたいと思っても手がかりはひとつとして与えられないし、夢の中でわたしの思考能力は極度に低いから鳥の脚で枝につかまって突っ立っていることしか出来ない。その状態が無音でえんえんと続く」

「悪夢だと思う？」

「まだ悪夢じゃない。もしもその樹上の人がむっくり起き上がって、わたしに恨み言を吐き出し始めたら悪夢だろうけど」

「けど、僕らは決して甘い言葉を耳にしようとは最初から思ってないわけで」

「だとしたって亡くなった人から直接恨みを聴かされたら、それはうなされるでしょ」

「まあね」

「そして、この数回の夢ではね、前にあなたが言ってた、電車の中から見たホームの向こうの女の人の話を、鳥の私が思い出してるの」

「鳥の君が?」

「そう、しかもどうせ鳥ならウグイスとか孔雀《くじゃく》とかきれいな方がいいんだけど、残念ながら白と黒の地味な羽毛の、寒さで少しふくらんだ鳥のわたしが、そのいっこうに動かない夢の中でじっと考えてる。あなたがいつだったか、あれほど悲しそうな人を見たことがないって言ってた昔の話、覚えてる?」

「わかってる。地下鉄で見た人。もう何年も前のことだね」

「あれはせっかく気兼ねなく会える日で、あなたおすすめのイタリアンも予約してあったのに、待ち合わせの駅から店まで歩く間さえ待てなくて、その女の人の話が早くしたい、今すぐしたいって言ってそのへんの居酒屋に入っちゃったんだよね。あれはひどかったたなあ。人生の中で一番ひどいデート。横暴かつ偏執狂的な男との」
「ごめん。あの夜、居酒屋のテーブルの下で思いっきり足踏まれて我に返ったの覚えてる。
ガタッとテーブルが揺れて食べかけのアジフライの皿が落ちそうになった」
「あはは。踏んだっけ？」
「踏んだ。ていうか、ヒールで刺された」
「でも、十二分にあなたの話を聞いたあとだったでしょ？」
「ああ、かもしれない」
「優しいんだよ、わたしは」
「そのあと何日か足を引きずって歩いたけどね」
「それは話の聞き賃ということで。で、暴力の件は忘れてもらうとして、ともかくその日、
あなたは一人で電車の窓際に立っていて、女の人は向かい側のホームのベンチにいた」
「いや、ちょうど座ったのを、停車した車両から見たんだよ。彼女は体をそこに落とすよ
うに浅く腰かけた。メガネをかけていて色の白いきれいな人だった。細い両腕の先に小さ
なバッグがあって、それをスカートから飛び出た膝の上に乗せたまま少し先の下の方をじ
っと見た。なんとも言えない表情だった。虚《うつ》ろな、体が空洞になっている人のような。泣
いてもいないのに、その人が心の底から悲しいのがわかった。瞬間、恐ろしいくらいの悲

しみがあたりを覆って、駅の構内をその感情が支配したように感じた」

「あなたは、ゆらゆらした透明な物質がトンネルの中に満ちてたって言ってた」

「そうだった。僕から見た彼女は透明度の高い海の底にいるようだった。少し黄緑がかった光が目の前を漂った。彼女に何があったのか、僕には想像すら出来なかった。僕はほとんど雷に打たれたみたいになって、電車が動き始めても彼女から目を離せなかった」

「まあ、聞く人が聞けば考え過ぎだけど」

「ほんとにね。僕の悪い癖だね。だけどあれほど他人の感情に確信が持てたことはないし、今も忘れない。時々、あの女の人に何があったんだろう、何があれば人はあそこまで静かに悲しむことが出来るんだろうと考えてきた」

「わたしはわたしで、そのゆらゆらした透明な物質って一体何だろうってふと思うことが何度かあったのね。どんな比喩なのかなって」

「言葉足らずで申し訳ない」

「いやいや、他人の悲しみがそう感じられる体験ってどういうことだろうって思ってて。それではっと気づいたの。ていうか、鳥のわたしだから実際にはもっと鈍重にモワーッと実感したんだけど。夢の中で。樹上の人は動かないし、音も立てないけど、あたりに満ちている否定しようのないものがあって」

「ゆらゆらしてた？」

「そう、透明だけど水の底みたいに揺れているのがわかる。つまり揺れがかすかに自分にも来るの。共振出来る冷たい物質っていうか、それでいて濁りがなくて。これがあなたの言ってた感触かもしれないなあ、と」

「鳥の君がね」

「そう、ブサイクな鳥のわたしが思ったの。その人を見おろすようにしながら」

「君はその人の悲しさを共有したんだよ」

「手に負えないロマンチストだな、あなたは。わたしは共有したのかなあ？」

「事実、その人は悲しいんだろうからさ」

「でも、あなたはもっと具体的な言葉にこだわってるんじゃないの？　そもそもさっき、もしもあなた自身が死んだら、わたしに向けてラジオ放送をやらなくていいかって聞いてたじゃない？」

「君は即座に断ったけどね。むしろモグラの話とかをしていて欲しいって」

「あはは。わたしはそのくらいでいいなあって」

「それ、寂しくないの？」

「寂しい？」

「だから僕がこの世からいなくなった時、君へのメッセージを発信してなくていいのかなってこと」

「あなたは感受性だけ強くて、想像力が足りない人なのかな？」

「それ、最悪だね」

「わたしの立場になって考えてみてよ。あなたを失って体から心がごっそり抜き取られたような思いをしている時に、わたしは直接あなたからの言葉を受け取る勇気がない。その声を聴いてわたしは体がバラバラになるくらい泣き続けるだろうし、気が変になる。それはかえって拷問みたいなものじゃないかな」

「ああ、なるほど……そうだね」

「あの世にあなたを送る方にとって、あなたを失ったことはしばらくそうであるような、ないようなことであって欲しいんだよ。お父さんが亡くなった時、そうじゃなかった？

わたしは弟の時にそうだった」

「あ」

「だからね、気持ちが落ち着くまでは、いつも通りの会話みたいなのをしているあなたの声に耳を傾けていたいなあ、と」

「声は聴きたいんだよね？」

「もちろん」

「じゃあ素直にうれしいよ」

「あはは。その素直さがあなたの長所だな。そういうこと言う時の声を聴いてると、わたしはおなかの下の方がツンとしてくる」

「今も？」

「まさに今も」

「触りたいなあ」

「触って欲しいな」

「会いたいね」

「いつ会えるかな」

「今はまだちょっとわからないな」

「会いたい？」

「うん、会いたい」

「……」

「僕は向こう十年くらい、あちこちの家やビルの前に黒い旗が掲げられていてもいいと思ってる。もちろん半旗になっていてもいいし、僕自身喪章を巻いて暮らしたっていい」

「え、いきなり話が変わってるけど？」

「僕にとってはつながってるよ」

「そうなの？　じゃあ続けて」

「死者と共にこの国を作り直して行くしかないのに、まるで何もなかったように事態にフタをしていく僕らはなんなんだ。この国はどうなっちゃったんだ」

「そうだね」

「木村宙太が言ってた東京大空襲の時も、ガメさんが話していた広島への原爆投下の時も、長崎の時も、他の数多くの災害の折も、僕らは死者と手を携えて前に進んできたんじゃないだろうか？　しかし、いつからかこの国は死者を抱きしめていることが出来なくなった。それはなぜか？」

「なぜか？」

「声を聴かなくなったんだと思う」

「……」

「亡くなった人はこの世にいない。すぐに忘れて自分の人生を生きるべきだ。まったくそうだ。いつまでもとらわれていたら生き残った人の時間も奪われてしまう。でも、本当にそれだけが正しい道だろうか。亡くなった人の声に時間をかけて耳を傾けて悲しんで悼んで、同時に少しずつ前に歩くんじゃないのか。死者と共に」

「たとえその声が聴こえなくても?」

「ああ、開き直るよ。聴こえなくてもだ」

「あなたはもう、わたしの話をしてるのね」

「うん。自分のためにゆっくりと始めてる」

「どうぞ。わたしは止めません」

「僕はあの秋のひどく天気のいい日に君を失ったわけだ。大震災の半年以上前のことだよ」

「そう。だからわたしは本当は大震災を知らない。あなたから聞いて想像してるだけで」

「君から数日、連絡が来なくなった。僕からは電話出来ないから何通かメールを送った。なにしろ僕ら二人のことを知っている人間はいないから、誰も何が起こっているか教えてくれなかった。三日経って葬儀のメールが回ってきた。R先生の奥様がうんぬんという、カルチャースクール関係者への一斉送信だった。だから正確には、僕はあの秋のひどく天気のいい日に君を失ったとは心情的に言えない。あとから考えてあの日だったのかと思うだけで」

「ごめんね。わたしがなんとか出来なくて」

「あはは。君が謝ることないよ。自分があんな事故に巻き込まれてるのに僕の携帯を鳴らせるわけがない」

「そうなんだけど」

「万が一それが出来たとしても、携帯に履歴を残していい関係じゃなかった」

「わたしもついに意識を失うって時、それをふっと考えたよ。その事実がつらかった」

「僕は僕で葬儀に顔を出せる立場じゃないと思った。まず信じることが出来なかった。前々日だって普通に電話でしゃべってたんだし。だから僕は君の最期の顔を見ないままだった」

「自分が化粧したわけじゃないから、あなたに見られなくてよかったとわたしは思ってる」

「君の性格ならそうかもね。で、それから僕は君の思い出の中の声とか、夢の中での声を追い求めた。ぼんやり覚えている声じゃなくて、もっとはっきり聴きたいと思った。というか、君と話したかった」

「しばらくは話せなかったね」

「この方式を思いつくまでね」

「そう、これは大発明。あなたは書くことでわたしの言いたいことを想像してくれる。声が聴こえなくても、あなたは意味を聴いてるんだよ」

「こうやって一生ずっと書いていこう、と今は思ってるけど」

「どうかな？　きっとすぐに素晴らしい人があらわれるよ。そしたら、こんなことをする必要はなくなる。わたしの旦那もいい人だったよ。しっかり彼を支えていた。でも僕の方はやっぱりどこかで君の声を頼りにするだろうと思う」

「いやそこは次の人にまかせます。また三角関係になっちゃうのはいやなの」

「ああ、そうか。そうかもね」

「ね？」

「あ、そういえば、あの居酒屋で君に踏まれた夜、家に帰ってみたらスニーカーのベロのところに血がにじんでてさ」

「え、そんなになっちゃってたの？」

「うん。基本がオレンジ色のスニーカーだったから気づかなかったんだけど、靴下脱いでみたら足の甲の皮がむけてけっこうな傷になってて」

「ほんと、ごめん」

「いや僕が言いたいのは傷のことじゃなくて、それが治ったらなぜか皮膚の表面にホクロが出来たんだよ」

「ホクロ？」

「小さいのが三つ、点々と星みたいに」

「なんであの頃見せてくれなかったの？」

「見せるほどのもんだと思わなかったから」

「でもあなた自身は見てたんでしょ？」

「まあなんとなくね。それをむしろ今になってよく見る。だって君のつけてくれた痕《あと》だから」

「くーっ。口説くね」

「さらに言うと、愛してる」

「このところ、ほんと攻めるなあ」

「なんでもかんでも口に出しとくことにしてるんだよ。伝えそこねて後悔したくないんで」

「じゃあ、わたしも」

「わたしも何？」

「気の多いわたしでごめんね。でも愛してる。それから、重要な質問がある」

「はい、どうぞ」

「ずばり、わたしは霊魂なの？」

「……うーん、ついに来たか。まさに重要な質問だね。僕もずっとそれを考えてきた」

「だったら、ここできちんと答えて欲しい。ここで話してるわたし、書かれてるわたしはいわゆる心霊としてあなたの前にいるの？」

「いや、そうじゃないと思う。僕の考えでは、死者の世界とでもいうような領域があって君はそこにいる」

「だからそれを霊界って言うんでしょ？」

「僕は別に霊界の存在をここで否定したいわけじゃないんだけど、ただ、もし霊界があるなら人類絶滅の瞬間にそこは最も栄えるだろう。でも、僕が言ってる死者の世界は逆だ。そこは生者がいなければ成立しない。生きている人類が全員いなくなれば、死者もいないんだ」

「え、何言ってるの？　何、その考え？　待って待って。ええと、生者がいなくちゃ成立しない死者ってことは、つまり死者は生きてる人の思い込みっていうか、思い出の延長ってこと？　生き残った人の心の中にだけ生きてて、一方的な生者の都合に合わせて、わたしたちはあらわれる」

「それも違うと僕は思う」

「え、なぜ？　なんで？」

「生き残った人の思い出もまた、死者がいなければ成立しない。だって誰も亡くなっていなければ、あの人が今生きていればなあなんて思わないわけで。つまり生者と死者は持ちつ持たれつなんだよ。決して一方的な関係じゃない。どちらかだけがあるんじゃなくて、ふたつでひとつなんだ」

「えっと、例えばあなたとわたしもってこと？」

「そうそう、ふたつでひとつ。だから生きている僕は亡くなった君のことをしじゅう思いながら人生を送っていくし、亡くなっている君は生きている僕からの呼びかけをもとに存在して、僕を通して考える。そして一緒に未来を作る。死者を抱きしめるどころか、死者と生者が抱きしめあっていくんだ。さて、僕は狂っているのかな？　泣き疲れて絶望して、こんな結論にたどりついていて」

「どうだろう。あなたの考えでいけば、ここはわたしの出番なんでしょうね。だから正しいとも狂っているとも言わない。ただ、生きているあなたが、生きていないわたしを通して考えてくれることをうれしいとも誇らしいとも思う」

「ありがとう。僕も君がいてくれることが誇らしいよ。少なくともしつこい君の質問がなければ、この会話は成り立たなかった」

「しつこい？」

「あはは。冗談冗談」

「そのしつこさで言えば、あの樹上の人はどうなるの？　思い出を共有しているわたしならともかく、何の関係もないあの人と一緒に未来を作ろうとするのはやっぱり難しくない？」

「だから、耳を澄まして待ってることしか出来ないでいるわけだよ」

「わたしね、そこにあのゆらゆらした物質が関係するような気がしてきてるの」

「悲しみが？」

「わたしが夢の中で感じてる気持ちで言うと、まだあなたはその人を悲しみ抜いてない。ゆらゆらした黄緑色の物質はあなたの周囲に漂ってないよ。樹上の人にとらわれてるとかこだわってるって言うけど、しょせん人から聞いた話だし、他人だから」

「僕の大切な死者は厳しいことを言うね」

「だってわたしは一晩中、その人を間近で見続けてるんだから。そして悲しんでいる。だけどね、あなたがその鳥のわたしを通じて感じればどうなる？」

「そうか、夢の中の君とつながれば！」

「わたしを通してあなたは悲しむ」

「動かないその人を見おろして」

「ラジオが聴こえるといいね」

「もし僕にも聴こえたら、その内容を手当たり次第、近くにある紙に書きつけるよ。そして一曲だけリクエストしたい。それを樹上の人に捧げたい。ボブ・マーリーの『リデンプション・ソング』っていうんだけど」

「知らないなあ」

「君、レゲエ嫌いだったもんね。何聴いても同じにしか聴こえないって言って。僕には信じられなかった」

「あはは。お前って耳悪いんじゃねえの?とか怒ってたよね。よくケンカした」

「でもこれならまるで違う。ボブ・マーリーには珍しいレゲエじゃない曲。ギター一本で歌われるリズム&ブルース的なナンバーだよ。歌詞は聖書に基づいていて、苦しみの中にいる受難者たちに贈る救いの歌」

「ふーん。今度電話口で聴かせて」

「うん。また嫌いだって言われたらさすがにキレるけど」

「言わない言わない。思ってても」

「僕が大好きな曲なんだからね」

「はいはい。じゃ、わたしはどうしようかなあ。もしラジオが聴こえてきたら。あ、まず何より、しょっちゅう夢の中であなたを見ている鳥なんですけどって、お便りしなくちゃ」

「そうだね……ああ、もうこんな夜中だ。今日も長い時間話しちゃったね」

「あなたは寝なくちゃ。書き過ぎてる」

「ほんとに。さすがに疲れたよ」

「わたしに付き合ってくれてありがとう。履歴は消さなくていいんだよね?」

「いいんだよ。僕もこの会話を残すつもりだけど、いい?」

「残して欲しい。わたしとあなたで今日また、新しい世界を作りました」

「会いたいね」

「いつ会えるかな」

「今はまだちょっとわからないな」

「会いたい?」

「うん、会いたい」

「じゃあね」

「うん、またね」

第五章

ということで、モーツァルト『レクイエム』の冒頭、合唱からソプラノ独唱までをいきなり聴いていただきました。ありとあらゆるオーケストラの演奏バージョンで、ほぼ六分弱。いかがでしたか？　もうずるいってぐらい悲しい曲。あっちこっちからすすり泣きが届きました。

別名「死者のためのミサ曲」ってくらいですから、この番組終わったのかな？　ＤＪが亡くなっちゃって追悼してるのかも？　などと憶測が乱れ飛んだことと思いますが、ていうか実際そういうメールがばんばん届いてますが、番組は終わっておりません。ただ、確かに僕はこの世にいません。といって、まだあの世にもいない。

さて、現在の時刻は午前二時五十二分を回ったところ、あなたの想像ラジオ。お相手はいつものワタクシ、たとえ上手のおしゃべり屋、ＤＪアークでお送りいたしますので最後までごゆっくりお楽しみ下さい。

とはいうものの、しゃべることがさすがにもうないっ！　あはは。僕はずっと何日もこの調子で日の出までトークを続けて、今が七日目なのか十三日目か、それとも四十何日かが過ぎているのか、一切時間の感覚がなくなっちゃってるんです。時が止まっているんじゃないかってくらい。いや、ほんとに止まってないですか、時？　この世にもあの世にもいない状態を仏教で中有《ちゅうう》っていうんだと前にリスナーの女性に教えていただきましたが、そういう意味ではリスナー諸君、ステイ・中有イング！

……空元気はバレますね。えへへ。素直に話すと、毎日をえんえんと同じように繰り返してる感覚が続くんですよ。いや同じようにっていうのは正確じゃないな。一応しゃべる内容は別だって確信はあるから。ただ、放送終わった瞬間、引き波に背中をつかまれるようにしてある一定の時間に戻されちゃう。永遠って実はこんな風なんじゃないか。広い一本道がスカッと果てしなく続いてるんじゃなくて、地獄的に退屈な短距離の反復。

あの、なんでしたっけ、ほら岩の人、近頃ど忘れが激しくて、ほらほら岩押して山登ってもまた岩落とされて、あっ、シュシュポ、いやシュジュ…ポスじゃない、シーシュポスだ。あの神話のいやーな雰囲気がある。シュシュポじゃ電車だよね、あはは。

ただですね、繰り返すって言ったって、トークの内容まで退屈なつもりはないですよ。リスナーある限り、サービス精神一杯でやってますから。ああ、それにしてもかゆいな。いやもう、さっきから右足の先が。親指の爪の下の皮膚が固くなったとこなんですけど、やたらにかゆい！　靴をはいてる感触は最初からあったんで、虫に刺されたわけもないはずで。昼間太陽に照らされて蒸れたにしては、今さらだろうって感じもあり。かといって指を動かす力も僕にはなく、まったくもう。

それにしても、皆さん、かゆさって何なんでしょうね。人類にどう必要なのか。あのー、痛さはわかりますよ。狭い洞窟で頭打って痛ければ、次からはもっとしゃがもうと思う。野生の動物に咬《か》まれて痛ければ、そいつをなんとしてでも殺して歯を外し、痛くなくなるまで安静を保とうとする。対して、かゆさはなんなのか。不潔程度のことを注意するためにかゆいのか。風呂上がりにいきなりかゆい場合もあって、一体あのかゆさの理由は何なのか。例えば蚊は疫病を運んでくるんだから、かゆいどころか痛くなって欲しい。かゆいなんて生ぬるい。

でもね、リスナー諸君、同時にこのかゆさが僕のちょっとした心の拠《よ》り所でもあると言ったら驚かれますか？　なんか急に敬語を入れてみちゃったりしましたけど、あはは、実際にこの僕がいまだに僕自身であることを、このかゆさだけが証明してくれているような気がしてるんです。

なぜかゆさが頼りかってことを明かす前にしばらく聴いていただきたいことがあるんですけど、まず後生大事に左手に握りしめてる僕の携帯電話はとっくに電池切れで誰の発信も受け取れない。目の前はいつからか、昼も夜も真っ暗で何も見えやしない。だからこそ余計に、ある意味こうして狂躁的にラジオでしゃべって、その声を自分で聴いてＤＪアークは僕なんだとしっかり実感してきたけれども、実はそれも少しずつあやふやになってきていて、というのもエピソードをひとつしゃべり終える度に、記憶の中ではそれが自分でない誰かからのお便りだったように若干遠く感じられて、逆にリスナー諸君のメールを読み終えるとそれが僕の思い出を読んだだけだって気もしてくるんです。

ええと、例えば初恋話。リスナーの方々も覚えてるんじゃないかと思うんだけど、僕が小学校二年の時に初めて好きになった女の子はそれまでまるで気にもしていなかったショートヘアの目立たない小さな子で、ある音楽の時間に全員が立って合唱をしている最中にその子はおしっこが我慢出来なくなって立ったまま漏らしちゃったんですね。僕はそれを何列か後ろから見ていたんだけど、女の子はどうしていいかわからないのか、前を向いたまま歌もやめなかった。だからおしっこがスカートの中から垂れていく音が歌と一緒に響いてた気さえして、なぜか僕はその日からその子が好きになってしまった。それが幼くして兆した性的な趣味なのか、最悪の状況でも泣き出さなかった女の子の気丈さに打たれたのか、あるいは運命に翻弄されてなすすべもない可憐《かれん》な姿に心魅《ひ》かれたのか、どうにもわかんない。そういう話。

でも、これが本当に僕の体験かどうかが微妙になりつつある。それとも、もしかして誰かのメールで読んだ話でしょうか？　リスナーの皆さん、我が番組が最近開発して多用してる、例の多数同時中継システムで早速教えて下さい。どうぞ！

「いやいや、これこそアークの話の中で一番印象的だったんだけど」

「エロい」

「スカトロ話」

「エロ深い」

「確か、自分で話して爆笑してましたよ」

「なんかあったなあ。でも、誰かのお便りじゃなかったと思う」

「そうだそうだ、笑ってた。女性の好みの原点がおしっこかよって自分でツッコんでた」

「数日前からのリスナーなのでわからずです」

「アーク変態説のもとになった話がこれ」

「変態」

「変態」

「いや、純愛」

「忘れてるってどういうこと?」

「アークさん、しっかりして下さい!」

「え? そもそもなんの話だ?」

「DJアークってボケがきてるの?」

ああ、そうなんだ。リスナーに聞いてみたところ、やっぱり僕のエピソードでいいみたいですね。まったくどうかしてます、僕。

じゃ、このエピソードはどうなんですか。話全体はたぶん大筋僕の記憶なんだけど、細かいところがいちいち怪しいように感じてるんです。ちょっと聞いてもらえますか?

僕の親父の右腕にお煎餅《せんべい》くらいの大きさでそこだけのっぺりと毛が生えていない光る部分があって、子供の頃から僕には不思議でならなかったんだけど聞くのをずっと遠慮していて、それは父親に甘えるのを自分で禁止している部分があったからじゃないかと思うって話の続きだったような気がするんだけど。

　高校くらいの時にようやくそれがヤケドだとわかって、というのも友達が教室のストーブで手の甲をヤケドして同じような痕になったからで、それである日親父にヤケドの理由を聞いてみた。そしたら親父がまだ立ち歩きを始めた幼児の頃の冬、転んで火鉢の上の鉄瓶に右腕を付けて倒してしまって熱湯を浴びたという答えで、でもそれも親父自身の記憶ではなくばあさんから聞かされた話で、それから赤ん坊の親父は何日か寝込んだっていうんですよね。その時に、どうやらじいさんは夜になる度に親父を抱いて寝たのだそうで、それを話す親父が自慢げでうれしそうだったのを思い出したりして、自分はその親父につくづく嫉妬《しっと》してたんだなあ、とか思い出してかえって心が軽くなった、というエピソード。

　ってわけで、話は以上です。では、リスナーの皆さん、多数同時中継システムで各自判定よろしくお願いします！

「長くて判断できん」

「うーむ」

「あたしの記憶ではほぼこの通りです」

「そもそもお父さんのヤケドは十円玉程度の大きさじゃなかったっけ？　お煎餅大でなく」

「なんか全部俺の話みたいな錯覚があった」

「まずいね、それ」

「子供の頃の勝海舟が犬に睾丸《こうがん》を咬まれた時、その父である勝小吉が抱いて寝た。それと混じってないですか？」

「いや、その海舟の話はまさに放送のあとにリスナーからメールが来て、そうなんだって話になったはず」

「友達のヤケドじゃなくて、ドラマで見たヤケドのメイクって言ってませんでした？」

「だっけ？」

「なんで心が軽くなるかわからん」

「アークさん、自信を持って大丈夫。この話はよく覚えてます」

「俺も」

「あたしも」

「俺も足かゆい」

はい、ありがとうございます。なんですか、足かゆいって。今は関係ないでしょ。あははは。

しかし、意外にリスナー諸君もぼんやりした記憶なんですね。そりゃそうか。なんか考えたりしながら聴いてくれるんですもんね。僕もより印象的なしゃべりを心がけなきゃ。と、反省材料にいたします。

で、それなら……この話はどうだろう。自分にとってはかなり印象的なエピソードで、この頃よく思い出すんです。お袋が僕をおぶって夜の山道を行くと、お地蔵さんがあってその前に白い着物を着た女の人がいるんですよね。見れば、その後ろに若い男がやっぱり白い服でいて、それどころかえんえんと列を作っていて、中には馬さえいる。お袋はあれはみんな、明日死ぬ人だからかわいそうだと言う。

翌日、ドーンという音と共に大きな波が来て、自分はお袋を連れて必死に裏山に登る。けれども逃げ切れなかった人がたくさんいる。

以上の話、僕はどこかで何度かしゃべった覚えがあるんです。でも、端々がおかしい。お袋が僕をおぶってなぜ山道を行ったのか。すでに亡くなっているお袋を連れて自分が裏山に登るはずがない。ということで、リスナーの皆々さま、多数同時中継システムで判定よろしくお願いします！

「これ、アークの話かな」

「じゃないね」

「同じような夢を毎日見てます」

「私も見ます」

「僕はアーク自身がしゃべった気がする。やっぱり夢の話で」

「いや、しゃべってないですよ」

「初期からのファンですが、どなたかからのメールでもこれはなかったと思います」

「アークさん、それは僕も小学校の時に聞いた東北の民話集に入ってる話に似てますけど」

「あ、そうだ」

「なんとか地蔵の話」

「そうだった」

「そうそう」

「思い出した」

「間違いないです」

「その通り！」

「担任の角田先生が読んでくれた」

「でも、なんでＤＪアークはそれを自分のエピソードみたいに思うんだろう？」

「夢を見たから？」

「さっき誰かが言ってたみたいに、体験と民話が重なって記憶になっているのでは？」

「アーク…さん、あなたはカミ…ホトケになろうとしていて…個人の思い出をいわば脱ぎ捨てておる…途中なのではないですかな」

あ、キイチさん？　今のは大場キイチさんじゃないですか？

「キイチさん？」

「キイチさんってあの？」

「この声聴いたことある。キイチさんだ」

キイチさんですよね？

「ああ…よく気づいて下さった」

まだあちらには行かれていなかったんですか？

「女房を先に送って…私はもう少しあなたの話を…聴いていたいと思いまして」

すいません、そんな。

「あなたは…みなをよく楽しませてくれて…おります。おかげでとは言わないが…なぜかあなたは土地の…氏神のようになって…きているように思う。だから、次第に他人の体験と自分の…体験が分かちがたくなっている…じゃなかろうか」

いやいや、氏神ってそんな。あはは。

「まあ、私の考え過ぎ…というか期待のようなもの…ですがな。ははは。まあ、年寄りは余計なことを…言って人を惑わさんようにしましょう。さようなら…DJアークさん。とはいえ…しばらく私もまだ…聴かせていただきます」

ありがとうございます、キイチさん。皆さん、ついにDJアークが氏神になりつつある説、出ました。いやはや、いくらなんでもそんな大それたことはないでしょう。キイチさん優しいから、僕のボケ症状の進行ぶりをとんでもない説で慰めてくれちゃって。てことは、あれですかね、僕のいる杉の木の下に祠《ほこら》なんか建っちゃって、方舟ノミコトなんて呼ばれたりして。あはは。

いやまあ、そういうわけでともかく、自分の体験の確からしさが消えてきて、キイチさんの言葉で言えば、実際に個人の思い出を脱ぎ捨ててる様子なんです。寂しいもんですよ、自分でなくなっていくのは。というか、実感としては、僕という人格の境界線がフライパンで焼いたポークビッツの皮みたいに弾け出して、じきにむけた部分が点々と多くなり、中から肉汁が出てくるみたいに僕自身が外界にあふれ出してる感じがします。そして皮のむけた僕は鍋に放り込まれて、他人の記憶のトマトソースで煮込まれてその成分をじわじわ人格の内部へと染み込ませている。

僕はどうしちゃったんでしょうか？　方舟ノミコトは？　何はともあれ、ラジオ・パーソナリティってものはお便りを読み続け、電話で話を聴き続けると必ずこうなってくるものなのか。それとも亡くなったまま時を過ごすというのは、一般的にこうした体験なんでしょうか。

ともかく、そんなあやふやな状態の中で、自分の体と思われる場所がかゆいと感じられるのは、僕にだってまだ境界線があるという励ましになる。ええ、かゆいですよ。かきたくてかきたくて気が変になりそうになって髪をかきむしりたくなる。でも、そっちもかきむしれない。かゆさの悪循環ていうか、かゆさにおける泣きっ面に蜂。かゆさの堂々巡りの中に僕はいます。でも、皆さん、そういうたわいのないかゆさがついに、人類史上初めて一人の人間の存在を保証してる。あはは。

その上、僕はそれぞれのエピソードを放送で話したか話してないかの区別も難しくなってきてるんです。だからほとんど常に、あれ、これ前にしゃべらなかったかなと思ってる。長いレギュラー番組でフリートークしてる人たちってやっぱりたいしたもんですよ。ネタ帳でしゃべりを管理してる人もいるだろうし、過去話したことをまるで野球の名投手がすべての打席の球種とコースを覚えているように、囲碁将棋を楽しむ人たちが一局の流れを逆さに再現出来るように、全部頭に入れてるんでしょうね。

対して僕はどうか。このＤＪアーク、ある夜突然彗星《すいせい》のごとくあらわれて連日のワイド番組を始めた天才的パーソナリティ、あらゆる死者の代弁者たるたとえ上手のおしゃべり屋はどうなのか。実際問題、しゃべればしゃべるほど忘れていく。今でさえすでに、この話は前にしたなと思ってる。あはは。あー、かゆい。

では、このへんで一曲。熱い歌唱の素晴らしいナンバーです。１９７７年、松崎しげるで『愛のメモリー』。エコーたっぷりめのバージョンをお送りしますので、最後のフェードアウトまでゆっくりご想像下さい。どうぞ。

ということで、胸に響く声と歌詞、まったくもって日本歌謡曲史に燦然《さんぜん》と輝くバラードです。特にラストの歌詞がグサッと刺さるんですよね。

さて、記憶をめぐる話の数々は見事に『愛のメモリー』で締めると思いきや、むしろまだまだ続いて、この話だけはまだしゃべってなかったと確信出来ることだってあるんです。つまり、右足の親指の先のかゆさとおんなじで、僕を僕として保ってくれている数少ない実例。僕の横にいて僕を無表情に見おろし続けていたあの白黒の鳥、ハクセキレイがここだけの話、ずいぶん前に一度ピユ、チュピと高い声で鳴いた気がして、もちろん放送中じゃなかったんでリスナー諸君には聴こえなかったはずなんですけど、それからというものハクセキレイが何かを言わんとしてこちらの目の奥をじっとのぞき込んでるように感じられ、でも僕はそれをこの番組でなかなかしゃべることが出来なかったんですよね。

なぜかというと、鳥のさえずりを耳にした瞬間から、僕の胸の奥に抑えようのない特別な気持ちが巣くってしまったからで、それは最初ハツカネズミに心臓の真ん中を咬みつかれ続けているような感覚だったんですけど、やがて凍《し》み豆腐が冷水を吸ってふくらんでシトシトと低温の滴《しずく》を垂らすみたいに感じられ、その頃には僕は悲しみで胸が張り裂けるという言葉の意味がよくよくわかるようになり、もちろん事態が理解出来るようになってから僕は長い時間泣いていたし、悔しかったし苦しかったんだけれど、なぜハクセキレイのあのピユ、チュピ直後からこういう透明感のある虚しい悲しみにとらわれて、胸にヒビが入って壊れてしまいそうな思いでいるんだろうか。考えても考えてもわからない。わからないまま、リスナー諸君にとうていポジティブとはいえない感情をぶつけるわけにもいかない、とDJアークはエンターテイナーの職業倫理としてこれまで黙っていたのであります。これまであれだけ好き放題にしゃべってたくせにね。あはは。

ただひとつだけ確からしく感じられるのは、ハクセキレイも今の僕とまったく同じ気持ちでいるんじゃないかという推測で、なぜかといえば例のたったひと鳴きのピユ、チュピがまさに透明で空虚で、痛ましい声であったことに間違いはないからなんですよね。ひとつの声がすべての意味を連れてやってきて、僕の世界と深く共振して、長く続くその余韻の中で僕らはじっとしているんじゃないか。ちなみに今日の冒頭のモーツァルトはそんな僕のイメージを伝えたくてかけた一曲なのでした。

そう考えると今まで僕が想像力こそが電波と言ってきたのは不正確で、本当は悲しみが電波なのかもしれないし、悲しみがマイクであり、スタジオであり、今みんなに聴こえている僕の声そのものなのかもしれない。つまり、悲しみがマスメディア。テレビラジオ新聞インターネットが生きている人たちにあるなら、我々には悲しみがあるじゃないか、と。だから亡くなったけれども悲しみを持つ余裕が今はないという人には僕の声は残念ながら届かないし、逆にひょっとしたら生きて悲しんでいる人にもこの番組は届く。

届く、と思いたい。

想ー像ーラジオー。

まあ、そういったかなり渾沌《こんとん》とした記憶とか感情とかが入り混じった中で、僕は日々放送が終わった朝に眠りのような状態に入り、昼過ぎに起きてぼんやりしているわけです。

昔なら必ず目が覚めてすぐにブラックコーヒーを飲んだ。粉砕《ふんさい》機で深煎《ふかい》りの豆を挽《ひ》いて、専用に買い置きしておいたお気に入りの硬水をコーヒーメーカーに入れて、ポタポタ落として。なんで硬水かっていうと僕は苦いコーヒーしか好きじゃないんですね。不思議なもんで、軟水だとガツンと来ない。どんなに忙しくても、コーヒーを淹《い》れる作業は絶対に最後まで自分でやったもんです。

豆も東京時代にはわざわざ中央線に乗ってとある駅まで行って、そこから十五分以上歩いた細い道にあるマニアックな小さな店で買っていて、店主が薦《すす》める煎りの具合のいい物を多めに買って冷凍庫に詰めてたんで、よく奥さんに怒られました。あなたは冷凍のエビグラタンも常備してくれってうるさいけど、これじゃなんにも入らない。近くのスタバのフレンチローストだっておいしいんだから、それでもいいじゃない。あたしにはあなたの淹れるコーヒーとの味の違いがわからないよ、とかいう具合で。でも、味はやっぱりちょっと違うんですよ。色々妥協して生きてきたからですかね、せめてそういうとこにこだわりたかった。いや、こだわってるふりをしたかった。

だから、こっちの町に越してくる時、真っ先に浮かんだのが実はコーヒー豆のことなんですよね。その供給をどうするか。結局、車で山を幾つか越えて行ったところに焙煎《ばいせん》名人の喫茶店があることをネットで知って、これからはそこを頼りに生きていくのかなと思ってたんだけど、訪ねてみるチャンスは結局来なかった。かなりの量を買い置きして運んできた焦げ茶色でテカテカの美味しそうな豆も、冷蔵庫が設置されて動き始めるのを待ってソッコー凍らせたんだけど、もちろん散り散りで跡形もないでしょう。

てことで今は目覚めのコーヒーなし。ていうか食事もなし。うつらうつらしながら衰弱し、半分夢を見ているような長い時間が夜まで続く。じゃあ、昼間もそのまま放送しちゃえばいいじゃないかと言われればまったくそうだし、実際僕も最初はぶっ続けでもいいいと思ってました。24時間テレビとか27時間テレビどころか、2400時間ラジオみたいな。あはは。

けど、初日の朝までしゃべりながら、僕にも沈黙の時間が必要だと思ったんですね。もちろんリスナーにも。そして本当にその静けさは逆に僕にとって饒舌《じょうぜつ》でした。あらゆることを考えた。それで二日目からも夜中から朝日が昇ってくるまでを、この想像ラジオの放送時間にしたわけです。言葉を失って茫然《ぼうぜん》としている時間が、僕らにはどうしても必要だ、と。

とは言いながら、僕にはもう昼がやたらに長い。今に至るまで、たくさんの人がリスナーになっては去って行きました。その人たちにとって現在の放送時間はベストだと思う。ただ、さっきも何人か参加してくれたようなロングリスナーですよ、問題は。魂魄をここにとどまらせざるを得ない、あるいはキイチさんのように僕の番組が終わるのを見届けようとしてくれる人。彼らにとって朝から夜までの時間は耐えがたいのではないか。昼にも気晴らしのラジオがなければ、ずっと恨んで怒って思い出して悲しんでいなきゃならない。僕だってそうです。息子のこと、奥さんのことをしきりに思い出してる。思い出すなという方が無理ですもんね。そのジリジリ焼けるような時間が心底つらい。執着から逃れたくて、僕は結局、番組ではあんまり長く続かなかった『想像ラジオが聴こえないのはこんな人だ』ってコーナーの時に作りかけていたナンチャッテ小説を、頭の中で書き進んで時をやり過ごしてます。自分から少しでも遠ざかっていないとやってられない。

そのために僕は見知らぬ人を想像し、忘れては作り、作っては忘れながら前後をどんどんふくらませて、僕らのラジオが聴こえない女の人が例えばどんな相手と交際しているのか、もし僕らの声が聴こえたら彼らはそれを他の人に伝えてくれるだろうか。その能力が彼らにあるか。出来れば登場人物がより多くの人に声を伝えられるといい。そして、僕らの声が生きている人たちの世界に残るといい。というようなことを思いつつ、僕は昼も夜も杉の木の上で横たわって、ハクセキレイの注目のもと、じっとヘボ小説を考えているわけです。遠くから聴こえる穏やかな波の音に耳を傾けながら。

さあ、ここでメールを少々。

想像ネーム・タラモサラダさんから。若い女の子のちょっと長いお便りなんですけど、放送前に読んだらタラモサラダさんのかつての暮らしの映像が次々と浮かんできちゃったんです。家族が撮った8ミリフィルムみたいなタッチで。皆さんもそういう動画を想像しながら、是非お楽しみ下さい。

僕ならこういう映像のBGMは軽快な方がいいから、イタリアの天才ピアニスト、マウリツィオ・ポリーニの演奏でストラヴィンスキー『《ペトルーシュカ》からの3楽章』をかけたいところなんですけど、冒頭からの流れからすれば再びモーツァルトの重厚な『レクイエム』を、今度は少し先まで聴くのもいいかも。皆さんも、どうぞお好きなインストで。

さあ、音は聴こえてきましたか？　こちらはかけましたよ。途中からのフェードインもOK。ではDJアーク、丁寧でゆったりとした朗読を目指します。

「アークさん、こんばんは。私は二十一歳の女子で、仕事は魚の缶詰め工場の事務。自分が考えるうちで一番退屈な普通の、でもなんか愛すべき一日を書いて送ります。何日もすっごく暇だったので。つまらなかったらごめんなさい。

冬の朝。七時半。私は実家の二階にある自分の六畳間でベッドに入っているはず。タイマーで十分前から温風ストーブが点いていて、部屋は暖かい。夜はまだまだとっても寒いから私は寝る時にパジャマの上にどてらを着ていて、もし新しい彼氏が出来たら絶対にその姿を見せたくないと思っている。高校の時から使っててなかなか壊れてくれないキティちゃんの形の目覚ましが鳴り出す。

私は寝起きがいいので、つまらない女だなあと思う。もっとうだうだしたり、うっかり寝過ごしたりする方がかわいい。でも、私はがばっと体を起こし、しっかり目覚ましの頭のところのボタンを押して伸びをするに違いない。一階からごはんの匂いがしている。

カーテンを開けるとよく晴れているだろう。窓ガラスからかすかに冷気がただよってくるといい。私は頭をかきながら部屋のドアを開けて階段を降りていく。お母さんが先におはようと言う。私も言う。お父さんは今はタクシー運転手をしていて、ちょうど夜勤明けだから奥の部屋で寝ているらしい。おばあちゃんはとっくに朝食をすませて、朝日のあたる廊下で膝に猫を乗せたまま居眠りしているとうれしい。私はテーブルに並んだおかずをつまみ、真っ白でほかほかのごはんを食べる。おいしいので食べ過ぎないようにする。うっかりするとすぐ1キロ以上太るから。

しばらくテレビをぼんやり観ていると、お母さんの食事もすむ。うちはいつからか、ばらばらで食べるようになった。たぶん私の高校受験の時の勉強のための早起きと、お父さんの会社が倒産してふて寝をしていた時期がそういう習慣を作ったんだと思う。

私は二階で重装備に着替えて自転車に乗り、友人のキヨミに地味だと笑われた紺一色のマフラーに顔をうずめながら田んぼの横を通って右に折れ、小さな住宅街を抜けて駅まで行く。今日は潮の匂いが強いな、と私は鼻をぴくぴくさせるかもしれない。季節の小さな変化を楽しむようになったのは、大人になってからだ。

三両編成の電車が来て、座席は埋まっている。人もあちこちに立っている。でも、押し合いへし合いなんてない。それでも一応は田舎のラッシュです。ふたつ駅を行くと前の席が空くのを知っているから、私はそこに座るだろう。おじさんのお尻で温まった感じを、その日もいやだなあと思うはずだ。いつでも必ずそうだから。本当は北国特有の座席暖房の生暖かさなんだけど。

車窓から見える海岸線とか、田んぼとか鎮守の森とかには目もくれず、私はスマホでシューティングゲームをする。いつだったか出した自分の最高得点を自分が抜けないのにいらだって、私は車内で舌打ちさえする。横の中学生の男の子がびくっとするかもしれない。

五つ駅を行って降りて無人改札を抜けて原っぱみたいなところを何分か歩くと、私の勤めている缶詰め工場で、学校みたいな鉄柵の肌色に塗られた門がある。同僚とか先輩とかに会釈しながら敷地を右に行き、特に工場側の人たちの大きな挨拶の声に気合いを入れられる思いで二階建ての事務棟へ行くだろう。あたりは魚のすっぱいような匂いに満ちている。最初は苦手だったのに、今では大好きだ。

細長いタイムカードを昭和の残骸《ざんがい》かと思うような機械に入れてから、もわもわに暖房を効かせてある更衣室で紺の生地に水色の襟がついた、案外かわいいと思っている事務服に着替え、部屋に入る。左奥にデスクのある部長は絶対に先に来ている。花沢さんも井橋さんも権藤くんもそうだ。みんなにもごもごと挨拶してから席に座り、パソコンを立ちあげるとスクリーンにはいつもの青い地球の写真。これもキヨミがダサイと言う。じゃあどんなのならいいの?と聞くと、キヨミはよくわからない韓流スターの名前を言った。

午前九時。他の社員も揃って部長の訓示。ラジオ体操のあと、各々の机で仕事が始まるだろう。私の担当は注文伝票のデジタル化、各漁業組合との会合での発言整理、より安くガソリンを売るスタンドをネットで調べること、週ごとの出荷のグラフ化、消費者からのクレームの電話対応などなど。やる仕事は多い。どれも簡単でつまらない。私は誰にも気づかれずにゲームのウィンドウを開き、音に気をつけながらシューティングゲームをするはずだ。こちらはネットで得点を競いあう。一度は百位以内に入ったこともあるから、私は真剣になる。でも、これだけカチカチやってて誰も気づかないなんて、どんだけぼんやりした会社なんだ。

昼休みも過ぎ、三時のおやつ、出来れば営業の小橋さんがたまに地元の商店街で買ってきてくれる小さめの豆入り大福を食べ終われば、あとは六時を待つのみの私。とはいえ、その日のノルマはきっちり果たす。いや、ノルマよりちょっと上まで果たす。それが小さな頃からの私の性格。最初の彼氏にそのなんでも頑張るところが付き合っててプレッシャーだと言われたことがあった。のんきさが魅力的な人だった。でも私は自分の特長を直すつもりがない。別れたあと、彼は群馬の食料品輸入会社に就職していった。

終業のベルが工場から鳴り響くと、私たちの仕事も終わり。にっこりとみんなに挨拶して元の重装備に着替え、工場から出てくるキヨミを待ってすっかり暗い道を一緒に歩く。駅前の自販機で私はあったかい午後の紅茶、キヨミは缶コーヒーを買って、道を少しそれた線路の配電盤らしき物の前でそれを飲みながら、たわいもない話をするだろう。電車をひとつやり過ごすのが私たちのルール。

次の電車に乗って、私は五つ先まで、キヨミはさらにふたつ先まで行く。車窓から風景はもう見えない。車内が明る過ぎて。いや、外が暗過ぎて。キヨミにまた明日と言って別れ、自転車で元来た道を帰る。たまに街灯の下で沢原のおじさんに会うことがあって、そうするとおじさんは私にその日作った蒲鉾《かまぼこ》をくれる。期限切れで毎日配給があるらしく、おじさんは腐っていないから安心しろと土地の私でさえ聴き取りにくい方言で言うはずだ。

家でごはん。お父さんがいる。おばあちゃんもいる。お母さんと私で台所からお皿などを運ぶ。猫のピー太は食卓の下でごちそうの海苔《のり》をエサの上にかけてもらって喜んでいるだろう。ごはんが終わったらその日面白そうなバラエティを見て、各自が暗黙の順番でお風呂に入り、私はお母さんと少し話をしたあとで二階に上がる。遠くで犬が吠えているかもしれない。カーテンを開けると月が出ていて、さっきまで暗かった外が薄く銀色に光っている。

私は中学生の頃から使っている机の上で日記をつけ、たまにお母さんがのぞき読みしてるのを知っているので小さな嘘を書き込み、パソコンを立ち上げてちょっとだけシューティングゲームをやってから、ベッドに入ってミステリーを読みながら眠くなっていくはず。そして自分でも満足のいくタイミングで、部屋のあかりをリモコンで消す。

アークさん、ほんとに平凡な一日です。でも、私はこのかけがえのない一日を繰り返し繰り返し頭に浮かべて昼と夜を過ごしています。繰り返しの中にいるのは、アークさんだけじゃないですよ。

DJアーク、「元気を出して！　ではまた」

ありがとう、タラモサラダさん。平凡なんかじゃない。僕にとっては別世界の生活です。たぶん。あ、たぶんって言うのはほら、記憶が若干ぼやけてきてるからで、僕にもキヨミって親友がいるような気にもなったりして。とにもかくにも、励ましの言葉、心の奥深くにいただきました。まったく若いのに偉いヤツだなあ。お前も元気出せよ！

続いてこちらは想像ネーム・サルノコシカケさんからのメール。

「アークさん、いつも楽しみに聴いています。というより、聴いていましたと言った方がよいでしょうか」

ありがとうございます。さて、聴いていましたと過去形にしたのはどういうことだろう、とリスナーの気を引きつつ。

「いつだったかの放送で捜し人の大特集を組んでおられたおかげで、母と会うことが出来ました。ただ、おかしなもので特集の中での情報が一致してというのではないのです。あの折にアークさんがかけてくれた日本の歌、ちょっとタイトルを聴き逃したままなのでありますが、私どもが家族経営していた少し大きめの文房具店であれをよくかけていたのが母だったのです。大のお気に入りでした。

中の歌詞に〝海沿いの松の木のぞむ高い丘〟とあって、そこだけを男性歌手が裏声で歌う。ここがいいんだと再三母が言っていたのを思い出した途端、家の近くにまさに〝海沿いの松の木のぞむ高い丘〟があるのに気づき、私は夢中で走っていました。

そしてアークさん、母はまさに丘の頂上にいました。帰る家どころか町ごとないと嘆いた母は、その歌を口ずさんでいるうちに水の引いた丘にたどり着き、疲れ果ててうつぶせになってしまっていたのだそうです。この放送であの曲がかからなければ、私は母を見つけてやれず、安心してここを去ることが出来ませんでした。

私は母とともに明日早朝、新しい場所に移ります。おそらくこの番組はそちらではもう聴けないのではと思い、お礼のメールを差し上げた次第です。まことにありがとうございました」

いやあ、うれしい。そして、行ってらっしゃいませ。しかし、すごい偶然が起こるもんですね。やっぱり『想像ラジオ』って素晴らしい。

ちなみにあの夜、捜し人大特集でかけたナンバーはたった一曲。もっと音楽かけたいんだけど情報がじゃんじゃん集まってるんでその時間がなかった。だからよく覚えてるんです。そういう悔しいような思いは脳裏にくっきり残ってる。

で、その時かけたのは、「皆さんの頭の片隅で今鳴っている曲」でした。だからそれは僕の選曲じゃないんです。あなたが自分でかけて、自分でお母さんを見つけたんです。ってことで、僕にもタイトルがまるでわからない。あはは。〝海沿いの松の木のぞむ高い丘〟と男性ボーカルが裏声で歌う素敵なナンバーの名前、リスナー諸君知ってたら教えて下さい。是非かけたいんで、是非よろしく。

想ー像ーラジオー。

そういえば、昨日だったか一昨日だったかの夕方、僕の親父がまた木の下まで来たんですよ。にちゃっと泥をかき回すような音が遠くから断続的に聴こえてきて、足の悪い親父だとすぐにわかった。ずいぶん時間をかけて親父は近づいてきました。しかし、どう耳を澄ましても兄がいる様子がない。そもそも親父の接近に時間がかかっているのは介添えがないだろうからで、それじゃ一体何がどうしたんだろうと僕はその十五分ほどの間、心臓に氷を当てられているような不安感の中にいました。

ようやく杉の根元に来た親父は、しばらくはあはあと息を切らしていた。僕はいつ話しかけていいものか気おくれしてむしろ自分がそこにいないかのように息を殺していました。どのくらい経ってからかわかりませんが、親父が僕の名前を呼んだ。僕もそこでようやく、うんとだけ言った。

親父は兄貴がもう出かけたと言いました。お前を先方で待っている、と。じゃあ親父はどうしてここにいるのかと僕は質問しました。合同の葬儀もきちんとすみ、同じ条件で見送られていることは、他の日に兄貴だけが訪ねて来た折に聞いていた。なのに、親父だけなぜまだここにいるのか。

お前のことが心残りだからだ、と親父は言いました。お前の体がまだそこにある。クレーン車もそこまで手が回らない。いや、そもそもこの場所には放射能が降り注いでしまったから何十年も人が入れないかもしれないと親父は言い、それも噂だからどこまで本当か知れないし、ここのことではないかもしれない、と一気にしゃべってから、息が苦しいのか一度高い音を喉から漏らしました。そして何度か深く呼吸をしてから、だが俺は父親としてお前を見捨てて行くことは出来ない、と親父はおそらく下を向いて言いました。声がくぐもったので僕にはそれがわかりました。

僕は放射能の噂にも肝を潰しましたが、自分のことを親父がそこまで考えてくれているのか、と正直改めて驚いて、とにもかくにも自分にもひとつだけ心残りがあるから、それを果たせば必ずあとから顔を出しに行く。そのあとこの裏山あたりに透明な魂として住み着いて、自由に親父たちの世界とこっちの世界を往き来したい。僕はそう話していて初めて、自分がきちんと自信をもって父親に意見を言っていると感じたし、耳を傾けてもらっていると実感しました。

現に親父はわかったと短く答えた。そして、じゃあ自分は先に出かけるからおっつけ来てくれ、ゆっくり酒でも呑もうと付け加え、また長い時間をかけて去っていきました。一歩ずつ、にちゃっとおそらく長靴が泥にめり込んでは離れる、その音が段々と小さくなって消えていく時間の愛《いと》しかったこと。

で、ですね、その時に僕の言った心残りっていうのはもちろん奥さんと息子のことですよ。美里と草助のことだけ。彼らがたぶん無事だろうことには納得がいったけれども、しかし僕は失われているわけで、二人がどんな気持ちでいるだろうかと考えるとじりじりと網の上で焼かれているような居ても立ってもいられない焦燥感、というか僕の無力への申し訳なさで胸がいっぱいになる。

いいやつなんですよ、草助は。やつが小学校三年くらいの時だったか、晴れた休日だったんでタコの形の赤い滑り台のある近くの公園まで行ってキャッチボールをしようと提案して家を出て、二人で道を歩いていると僕の左側に必ず回り込んでくる。ああ、こういう意味のない癖、ジンクスみたいなこだわりを持つ年頃ってあるなと僕は思って黙っていた。でも、少し行って道を折れると、今度は右側に来て歩くんです。意地悪をして息子の体を持ち上げて左側に立たせても、するりと僕の体をかわして右側に行く。その法則性はなんなのか、僕は息子に聞いてみたんですね。

「お前、さっきからパパの左とか右とかを歩くけど、なんの決まりなんだ?」

そうしたら、息子がきまじめな顔をしてこちらを見上げながら言うんです。

「パパが車にはねられて死んだら困るから、僕が車の方を歩いてる」

すぐに僕は言った。

「お前がはねられて死んだら、お前は困るだろう」

「僕はもう死んでるから困らない。だけど、パパが死んだら僕は生きているから困る」

草助のやつ、話しながら泣き出すんですよ。ほんと馬鹿なやつで。ただ息子が馬鹿なのはきっと親が馬鹿だからで、僕も今話していてつい涙ぐんでしまいました。あはは。え、これ、誰かのエピソードじゃないよね？　はっきり僕の思い出だって感じてしゃべってたんだけど。泣きさえして。だったら泣き損だよ。リスナー諸君、どうなんです？　そのまさかじゃないよね？　多数同時中継システムで教えて下さい。よろしくお願いします。どうぞ！

「大丈夫、きっとアークさんの話ですよ」

「草助、けなげ」

「子供ってそうなんですよね。わかります」

「草助」

「草助」

「誰かの話っぽくもあるな。なんか平凡な小説とかのワンシーン」

「子持ちだと似たエピソードは必ずあるものだけど、だからって絶対に同じじゃないですよ。親子それぞれにそれぞれの思い出あり、です」

「僕はもう死んでるから困らないって、考えてみるとすごい言葉ですね」

「そして実際、こうして困ったことになっちゃったわけだけど」

「そうだね」

「確かに」

「草助」

「アークさん、なんだかんだいって、これは子供自慢！　ずるい」

「あっはっは」

「そうだよ」

「そうなんだよ」

「アーク、他にも草助話ないの？」

子供自慢って言われちゃえば、僕も否定出来ないなあ。あはは。ともかく、泣き損じゃなかったっぽいし、おまけに息子の好感度もおおむね上がったようでうれしい限りです。

一瞬、足のかゆさを忘れましたよ。あはは。

調子に乗って今ふと思い出した話をすると、草助が中学に入った頃から気づくとかかとを中心にしてくるっと体を一回転させる癖がついていて、何をしているつもりかわからないからそのまま放っておいた時期があったんです。

あれは奴の二の腕にアザが見つかるよりも前のことだったなあ。夏休みに親父が草助を連れて帰って来いというんで、奥さんと三人でつまりは僕が今いるこの町で一週間ほどを過ごした。

最初の晩、贅沢《ぜいたく》な魚介類尽くしで迎えられたあとの畳敷きの広間の低いテーブルの横で、親父と兄貴、そして奥さんと僕が酒に酔って色々と話す流れになったんだけど、草助はそのかたわらで立って会話を聞いていて、途中で二度ほど例の回転をやるんです。すると、兄貴がにやりとして言ったんですよ。

「草ちゃん、おめえは勇者だな」

なんのことかまったく理解出来ずにいると、草助の顔がライトで照らしたようにあかあかと輝いた。

「おじさん、わかるの？」

と草助は小さな声で言った。兄貴は答えました。

「わがる。俺の場合は右手を上げて三回強く振った」

説明してくれと僕が二人に言うと、草助は叱られるとでも思ったのかゆでトウモロコシをテーブルの上の盆から取って、こちらに背を向けて座ってしまった。かわって兄貴が言った。

「世界が悪い方に向がわねように、草助は嫌な言葉を聞ぐ度にくるっと体を回して、言ってみれば未来を変えでるんだ。そのせいで自分が何がに罰を受げでもかまわねえ。そう思って命がけでやってんだ。やづは勇者だ。な、草助？」

と兄貴が声をかけたが、草助は黙っていた。兄貴は続けた。

「俺の場合は右手を三回振ったもんだ。どっがで戦争が起ぎるどが、台風が来て地盤がゆるんで災害が起ぎそうだどが、うぢの会社の経営が傾ぐ話どが、親戚の病気が悪ぐなってる噂どが、そだ言葉を耳に入れる度に右手を振って未来を変える。変人に見えだってかまわねえ。俺だぢ勇者が世界を守ってる」

翌日、兄貴が教えてくれたところによると、草助と兄貴はその晩、庭に出て〝勇者対談〟をしたのだそうだ。草助は特に親戚一同を守っていると話したらしい。最後に、兄貴は草助の肩を叩いて頑張れよと声をかけたと聞いた。

ひとつ間違えると強迫神経症みたいなものだと思うけど、僕にも若い時には蛍光灯を消す時は必ず三回紐をひっぱるとか、ドアの鍵をかけたかどうか確かめるのにドアノブを左右に五回回さないと満足出来ないことはあって、そうしたことにも関係あるかなと思うんですけど、どうなんだろう。

少し微妙な話になっちゃいましたかね？

「わからんな」

「難しい」

「勇者の仕草って、なんかヒーローものにそういうまじないがあったんですかね?」

「変なエピソードだな」

「いや、わかる。俺は必ず首を横にぶるぶるっと五回振ってた。世界がこわくて不安でたまらなかった時代のこと。俺、いつあれをやめたんだろう?」

「なんであれ、草助は家族思いだとは感じるけど」

「それはわかります」

「というか、天涯孤独になるのを恐れてるんだよ」

「過敏に臆病」

「繊細とも言う」

「でも、アークのお兄さんのイメージが変わったな」

「そうそう、なんかナイーブな人じゃないですか」

「俺は悪い意味でナイーブだと思ったな」

「勇者対談で草助の思い込みを強固にしちゃったわけだしね」

「だけど草助くんは理解されて心強かったんじゃないかしら?」

「ほんとの父親はお兄さんの方だったりして」

「それ悪い冗談だけど、説得力あり」

「遺伝的に精神面が似てるのかも」

「芥川草助の将来、がぜん気になり出した」

これもう、意見だけ聴いてても一時間ぐらい討論してもらえそうですね。話してみてよかった気がしてます。草助にとっても、兄貴にとっても。事実、草助は繊細なやつです。考えてみればどこかが兄貴に似ているのかもしれない。二人とも親思いですしね。その息子もきっと今、留学先から急いで日本に帰って来てるはずです。僕は行方不明なままだろうから。

僕はその息子の声が聴きたい。

同時に奥さんの声も。

うとうと寝ている間にも、起き出して時間を持て余して頭の中で小説を書いている時も、本当はそれしか願っていない。

彼らが僕のことをどんな風に悲しんでいるか。今となっては知っても仕方ないけど、僕にして欲しかったことはなんなのか。それを僕はやっぱり知りたい。知って悔しい思いを一緒にしたい。歯がみしたい。僕の思い出を話す時、奥さんは息子に何を話すか、息子は奥さんに何を言うか。もしもこうなってしまった僕を憎んでいるのなら、その憎悪の言葉を激しい炎を受けるようにして聴きたい。まだ混乱したままなら、どうか二人の心が風のない日の湖面みたいに落ち着きますようにと、僕はここから祈りたい。彼らが近くにいて欲しいと思えば僕はいつまでだって近くにいたいし、浄土へ送りたいと思えば遠くへ旅立ちたい。すべては美里と草助の言葉次第なんです。

心残りはそれ。それだけ。

だけど、僕には聴こえない。

悲しみが足りないのか、想像力不足なのか。

ワタクシＤＪアークには、ひとっことも聴こえてこないんですよ。リスナーには聴け聴けって言っといて、自分が肝心な音をキャッチ出来ずにいるんです。なんすか、このていたらくは。相変わらず、足かゆいし。

「焦るな焦るな」

「アーク、しっかりー」

「まだかゆかったか」

「俺、けっこう聴いてるけど、アークさんは十分に悲しんでると思うよ」

「最初はこの放送もうっすらでした。空耳だと思ったんです」

「そうそう」

あ、多数同時中継システムのスイッチ切り忘れてた。でもまあ、応援はありがたいことなんで、このまま皆さんの言葉を聴きながら番組を進めて行きます。

「誰かがどこかでレコード聴いてるんだと思ったら、この番組だったんですよ」

「僕の場合、いきなりカチッとチューニングが合ったんだよなあ」

「そういう日もある」

「まず、〝想ー像ーラジオー〟ってジングルを思い出す。すると周波数が合う」

「そう」

「想像せよ」

「真実に向かって」

「あ、それなんかかっこいい」

「最初耳鳴りかなと思ってたら、それが言葉になっていった」

「いけるいけるよ、アークさん」

「絶対に今、奥さんも息子さんもアークさんのことばかりしゃべっているし、考えていると思います。その言葉をあとは聴くだけ」

「アーク、集中集中」

集中集中ってスポーツじゃないんだから。あはは。でも、確かになんだかんだ気が散ってたのかも。あの、このままシステムは開放しておきますんで、愛すべきリスナー諸君、僕にちょっとだけ時間を下さい。

あんなことが起こって、僕は美里がどんな場所にいるかがわからない。草助が帰る場所もない。過去に見てきた災害映像からすれば、緊急の避難所があちこちに出来ているはずだ。寒いだろう。まだ余震が続いているかもしれない。励ましあいながら、みんな毎日を暮らしているだろう。美里も草助も僕を捜しているに違いない。それとも、美里の郷里の鳥取か岡山の親戚の家に身を寄せているのだろうか。道路がどれくらい破壊されたか見えないから、僕にも彼らの居場所が推定しにくい。

親父によれば、僕は人の入って来られない地帯にいるのかもしれない。とすれば、美里も草助も僕を見つけられない。単に林の奥の杉の木の上にいる場合でも同じだ。僕を木から降ろすには手がかかる。下から見るだけでは、それが誰かはっきりは決められないだろう。とすれば二人ともいつまでも気持ちの持っていきようがない。

だけど、僕はもう一度あきらめずに耳を澄ましてみようと思います。今ここで。リスナー諸君のすぐ前で。

「頑張ってー」

「出来る出来る」

「そう、集中集中」

「し――っ」

「アークさん、番組は僕らが勝手に進めてるから安心して下さい」

「いまや、むしろアークがリスナー」

「俺らの放送の」

「そうそう」

「でもあるし、奥さんと息子さんの声のリスナー」

「し――――っ」

「無理だよ。聴こえないよ、あっちの世界の声は」

「私も何度も耳を澄ました。無理でした」

「いいや。想像するんだ、ＤＪアーク」

「私たちにあなたの声が聴こえるなら、あなたにも彼らの声が聴こえるはず」

「想像想像」

「アークの息が深くなってるのがわかる」

「想像力が飛んでいく」

「今の鼻息わかった？」

「アークに何か聴こえ始めてるんじゃないか」

「聴いている」

「聴こえ始めてる」

「アーク」

「こっちにはなんにも聴こえないよ」

「し――――――――――っ」

「ＤＪアークの耳に美里さんの懐かしい声が届いていると思う」

「きっとそうだ」

「これは集団催眠なの？」

「違う。集団がアークを催眠に導いてるんだ」

「そしてアークが聴いているものを聴いている」

「美里さんはアークを誉めている」

「そう思う」

「アークが毎年結婚記念日だけは忘れなかった、遠くにいれば朝一番に電話してくる。そういうところはマメな人なんだよね、とか言っているんじゃないか」

「プレゼントは毎年じゃなかったけど、とか笑いながら?」

「そうだ、甘い声で誉めている」

「ほんとに?」

「横に草助がいる。お父さんの自慢をしているのがわかる」

「そうだ、声変わりのあとの低い声の草助がしゃべってる」

「とつとつと、だけど自分の考えから出てくる言葉で」

「お母さんの目をしっかり見て、アークのことを語っている」

「誇りにしている」

「それを今、アークさんが聴いている」

「わかる」

「わからない」

「わかる」

「聴こえない」

「山河草木、ふく風たつ浪の音までも、念仏ならずといふことなし」

「盗聴せよ」

「想像せよ」

「韻《いん》を踏んでる」

あ。

「アークさん？」

「アーク？」

「どうしたんだ？」

「アーク？」

「し――――――――――っ」

「ああ、ＤＪアークが何かの準備をしてる」

「呼吸が変わってないか？」

「唇をなめる音がした」

「美里さんと草助の声がアークを変えた」

「私もそう思う」

「感じる」

「わかる」

「感じない」

「これ、みんな何を言い合ってるんですか？」

「想像せよ」

「想像するんだ」

「何が起こるんだ?」

「しっ」

「きっと、消えていくんだ」

「そうだ」

「そうなの?」

「そうだよ」

「さっきから耳元で声がしてるんだけど、これってラジオ?」

「し――――っ」


皆さん、ご協力ありがとう。僕は聴きたい声を聴きました。リスナー諸君が想像していた内容とはだいぶ違うけど、なんにせよ僕は愛されていると思いました。思っている以上に時間は経っていて、美里は懐かしそうでもあった。草助は何度も自分の小さな頃の僕との会話の面白かったエピソードを美里から聴き出して、父である僕の像を心の中に造り上げ直そうとしていました。話しかけたかった。でもそこまでは望み過ぎだともわかっていました。声が聴けただけでありがたい。リスナー諸君の励ましのおかげです。

何よりうれしかったのは草助の声が低くなっていて、その音域に一族の特徴がよく出ていたことで、はっと気づいた時に鳥肌が立ったし、熱いものがこみ上げた。

そして僕は発熱し始めている。体の境界線がすべて空気に溶け去って、こうしてしゃべる言葉も風に吹かれて自分のものでなくなっていく気がします。今にも浮き上がりそうです。いや、もうすでに浮遊は始まっているんじゃないか。風が背中を通るのがわかる。僕は気球のように熱くふくらんで、いまや風の影響を受けている。

僕の横であのハクセキレイが首を左右に振り始めました。そちらからも小さな風が来る。木の枝がかすかに揺れて、枝をつかんだままの鳥が、羽の具合を試すかのようにはばたき出したのがわかります。たぶん、はばたきの中でフンをしました。かすかな匂いが流れてきたから。あはは。体を軽くしたかったのかもしれない。

今、僕より高く宙に浮いた。一瞬ホバリングし、ハクセキレイは迷いなく西の闇へと、ほら一直線に飛んだ！　海岸の反対、裏山の方向へと。

「わかる」

「わかる?」

「私にも見える」

「気がする」

「凄いスピードだ」

「脇目もふらず一直線だ」

「し――――――っ」

「想像せよ」

「鳥よ」

「悲しみの中継地点よ」

「カムサハムニダ」

ギルガメシュ神話でも旧約聖書でも方舟から飛び立った鳥たちが希望の地を探しに行ったように、ハクセキレイはすっかり遠ざかったでしょう。僕もやがて上空へとゆらゆら動き出すに違いありません。マジックショーみたいに。盛り上がるオーケストラが木の根元で僕のためにそれなりのＢＧＭを演奏してくれるかもしれない。

「アーク」

「アークさん」

「ハクセキレイは確かに彼方《かなた》に去っただろう」

「すばしっこい鳥だから」

「そろそろ放送が終わるんだ」

「きっとそうだ」

「寂しいな」

「しかし、うれしくもある。この日を俺たちは待っていたとも言えるから」

「実際そうだ」

そうです。僕の放送はどうやら終わりそうです。この声が皆さんに聴こえているかまったく確信がもてなくなってきました。それでも、この機会にしゃべっておきたいことがある。

今日も明日も想像を求める新しいＤＪが次々と世界にあらわれる。何人も何人も、日々あらわれる。それどころか、あらわれない日がないんです。いや、今この時もすでに無数のＤＪたちがやかましいくらいに自分の番組をオンエアしてる。彼らはゴキゲンな放送を続けるでしょう。僕だっていつでも戻ってくる。語りかけるし、話を聴く。その声に必ず耳を澄まして欲しい、リスナーたちよ。また新たに生まれるリスナーたちよ。

「もちろんだ」

「まかせとけ」

「さあ早く行きたまえ」

「私もいずれは旅立つけど、ＤＪアークからの伝言、必ずあとの連中に引き継ぎます」

「あ、なんならこのまま僕が番組続けますよ。若輩者ですが」

「それもいいな」

「まだ朝まで間があるしね」

「どこの誰だか知らないけど」

「それはこれからのお楽しみでしょ？」

「足がかゆい」

「方舟ノ…ミコトよ」

「我らがＤＪアーク」

「ありがとう、アーク」

「さよなら」

「さよなら」

「さようなら」

「行ってらっしゃい」

「じゃあまた」

「さよなら」

「パチパチパチパチパチ」

「パチパチパチパチパチパチ」

「拍手」

「喝采」

「おつかれさま」

「パチパチパチパチ」

「パチパチパチパチパチパチパチ」


頼もしいリスナー諸君。ここで皆さんに贈る最後の一曲です。

想像ネーム・Sさんからのリクエストでボブ・マーリー『リデンプション・ソング』。

救いの歌。胸にしみる名曲。1980年。ボブ・マーリーが脳腫瘍で亡くなる前年に出たラストアルバムの、まさにラストソング。

今まで聴いてくれてどうもありがとう。

本当にさようなら、みんな。

もちろん最後の曲紹介は、僕の番組らしくエコーたっぷりで。

では『リデンプション・ソング』、どうぞ想像して下さい。

あ、その前にジングルを今までにない大音量で一発。あはは。

想ー像ーラジオー。

【参考文献】
東北農山漁村文化協会・編『みちのくの民話』（未來社）
大橋俊雄・校注『一遍上人語録』（岩波文庫）

【方言協力】
折原麻美

【初出】
「文藝」二〇一三年春号

いとうせいこう

一九六一年東京都生まれ。作家、クリエイター。早稲田大学法学部卒業後、出版社の編集を経て、音楽や舞台、テレビなどの分野でも活躍。一九八八年、小説『ノーライフキング』でデビュー。一九九九年、『ボタニカル・ライフ』で第15回講談社エッセイ賞受賞。他の著書に『ワールズ・エンド・ガーデン』、『ゴドーは待たれながら』(戯曲)、『文芸漫談』(奥泉光との共著、後に文庫化にあたり『小説の聖典』と改題)、『Back 2 Back』(佐々木中との共著)などがある。

想像《そうぞう》ラジオ

二〇一三年三月一一日初版発行
二〇一三年七月二〇日8刷発行

著者 いとうせいこう
発行者 小野寺優
発行所 株式会社河出書房新社
〒一五一-〇〇五一 東京都渋谷区千駄ヶ谷二-三二-二
電話 〇三-三四〇四-一二〇一(営業)
〇三-三四〇四-八六一一(編集)

組版 KAWADE DTP WORKS
印刷 株式会社亨有堂印刷所
製本 小泉製本株式会社

Printed in Japan
ISBN 978-4-309-02172-0

河出文庫

ノーライフキング

いとうせいこう

小学生の間でブームとなっているゲームソフト「ライフキング」。ある日、そのソフトを巡る不思議な噂が子供たちの情報網を流れ始めた。八八年に発表され、ベストセラーとなった、いとうせいこうデビュー作。

河出文庫

小説の聖典《バイブル》　漫談で読む文学入門

いとうせいこう×奥泉光＋渡部直己

読んでもおもしろい、書いてもおもしろい。不思議な小説の魅力を作家二人が漫談スタイルでボケてツッコむ！　笑って泣いて、読んで書いて。そこに小説がある限り……。単行本『文芸漫談』を改題。

Back 2 Back

いとうせいこう／佐々木中

「立ち上がろう、立ち上がることができるなら。続けよう、続けることができるなら」――二〇一一年三月のあの時から、打ち合わせなしの即興で綴られた奇跡の共作小説。印税は全額東日本大震災へのチャリティとして寄付。

思想としての3・11

河出書房新社編集部／編

震災／津波／フクシマはなにをわれわれに問うているのか、なにを考えるべきなのか。

吉本隆明、鶴見俊輔、山折哲雄、中井久夫、木田元、加藤典洋らから立岩真也、高祖岩三郎までが論じる。

14歳の世渡り術

特別授業3・11　君たちはどう生きるか

あさのあつこ／池澤夏樹／鷲田清一／鎌田浩毅／橋爪大三郎／最相葉月／橘木俊詔／斎藤環／田中優

3・11で何が問われ、何を学び、どう生きるのか。これからを担う10代から20代に向けて、〔国語〕あさのあつこ、〔歴史〕池澤夏樹など、全9教科、紙上特別授業。資料データ入り。